AF498615

Elisabeth Bürstenbinder

Adlerflug

e-artnow 2018

Wilhelm Cremer
Die Entdeckung des Erdballs - Die Reisen des Marco Polo, Christoph Kolumbus, Vasco da Gama, Fernando Cortez, Francis Drake, James Cook, Die Eroberung des Nordpols und viel mehr

Stendhal
Gesammelte Werke: Romane + Erzählungen + Essays + Memoiren + Tagebücher: 61 Titel in einem Buch: Rot und Schwarz + Napoleon ... + Biografie von Marie-Henri Beyle und mehr

Julius Wolff
Der Raubgraf (Mittelalter-Roman): Spiel um Macht - Eine Geschichte aus dem Harzgau (Historischer Roman)

Robert Louis Stevenson
In der Südsee

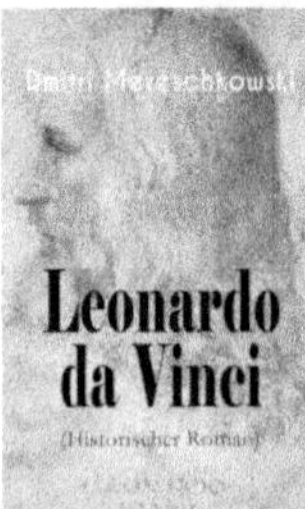

Dmitri Mereschkowski
Leonardo da Vinci (Historischer Roman)Historischer Roman aus der Wende des 15. Jahrhunderts

Walter Scott
Das Kloster: Historischer Roman

Stefan Zweig
Magellan. Der Mann und seine Tat

Adalbert Stifter
Gesammelte Werke: Romane + Erzählungen + Gedichte + Briefe: Witiko ı Der Nachsommer + Brigitta + Bunte Steine + Der Hochwald + ...Der beschriebene Tännling + Der Waldsteig...

Julius Wolff
Das schwarze Weib (Historischer Roman aus dem Bauernkriege)

Hans Fallada
Jeder stirbt für sich allein

Oskar Meding

Adlerflug

e-artnow, 2018
Kontakt: info@e-artnow.org

ISBN 978-80-273-1335-8

Inhaltsverzeichnis

Die Nebelschleier, die so lange und schwer auf den Bergen gelegen hatten, begannen sich zu lichten. Das feuchte Wolkenmeer, das die Landschaft ringsum einhüllte, geriet in Bewegung. Es gab ein unruhiges Wogen und Wallen, ein Kämpfen und Ringen, und endlich brach sich die Sonne siegreich Bahn durch Nebel und Wolken. Sie versanken in den Schluchten, zerflatterten auf den Höhen, und der so lang ersehnte Sonnentag stieg in vollster Klarheit über dem Hochgebirge empor.

Auf einer kleinen Wiese, die rings von dunklen Tannen umgeben, inmitten des Bergwaldes lag, stand ein noch junger Mann in der Tracht der Gebirgsbewohner. Es war eine hohe, fast riesige Gestalt, der man es ansah, daß eine eiserne Kraft in ihren Muskeln und Sehnen wohnte. Das energische, ausdrucksvolle Antlitz hatte ein eigentümliches Gepräge, das zugleich anzog und abstieß. Der Ausdruck kecken Trotzes in den sonnenverbrannten Zügen paßte zwar zu der ganzen Erscheinung, die selbst in ihrer Haltung etwas Herausforderndes hatte, aber es lag zugleich etwas Finsteres, Unstetes in dem Gesicht, das nicht sympathisch berührte, und in dem Aufblitzen der dunklen Augen verriet sich eine Leidenschaftlichkeit, die wohl leicht zur Wildheit werden konnte. Der Mann stand unbeweglich, den Stutzen auf der Schulter, den Hut mit der Spielhahnfeder auf das dunkle Kraushaar gedrückt, und war offenbar stolz darauf, daß er dem städtisch gekleideten Herrn, der zeichnend vor ihm saß, als Modell diente.

Der Fremde, der am Rande des Waldes auf den bemoosten Wurzeln einer Tanne Platz genommen hatte, mochte ungefähr in dem gleichen Alter sein, etwa sechs- bis siebenundzwanzig Jahre, sonst aber stand sein Äußeres im schärfsten Gegensatz zu der kraftvollen Erscheinung des Gebirgssohnes. Auf dem nicht eigentlich schönen, aber sehr anziehenden Gesicht, mit den weichen, beinahe zarten Linien, lag eine tiefe Blässe, und der Ausdruck von Müdigkeit und Abspannung darin entsprach nur zu sehr dieser krankhaften Farbe. Unter dem blonden Haar, das tief in die Stirn fiel, blickte ein Paar schöner, tiefdunkler Augen träumerisch hervor. Das Haar war feucht von den Tropfen, welche die Äste des Baumes noch zahlreich niedersandten, aber der junge Mann achtete nicht darauf, sondern zeichnete eifrig und schweigsam weiter.

Diese Schweigsamkeit und das ungewohnte Stillstehen schienen den andern zu langweilen; in seiner Stimme verriet sich einige Ungeduld, als er fragte:

»Wird's noch lange währen mit dem Bild?«

»Ich bin sogleich fertig,« versetzte der Zeichnende mit einem letzten, flüchtigen Aufblick. »Halten Sie nur noch eine Minute aus, Adrian, dann gebe ich Sie frei.«

Er vollendete mit einigen raschen Strichen die Zeichnung und ließ dann den Stift sinken.

»So! Jetzt sagen Sie mir, ob Sie sich auf dem Blatt wiedererkennen.«

Adrian kam der Aufforderung nach; er trat heran und betrachtete das vorgehaltene Blatt.

»Das ist grad', als wenn ich in den Spiegel schau',« sagte er bewundernd. »Das haben Sie schön gemacht, Herr Siegbert, sehr schön!«

Siegbert schüttelte leise den Kopf, indem er auf seine Zeichnung niederblickte. »Ähnlich ist es! Aber es fehlt etwas in dem Gesicht, ein Zug, der ihm erst das charakteristische Gepräge gibt. Ich sehe ihn ganz deutlich, aber ich kann ihn nicht bannen und festhalten.« Er schlug plötzlich die Augen auf und heftete sie voll und unverwandt auf den vor ihm Stehenden. Adrian schien das jedoch unbequem zu finden, denn er wandte den Kopf zur Seite.

»Was haben Sie denn?« fragte Siegbert unbefangen.

»Ich kann's nicht leiden, wenn mir einer so starr in die Augen schaut,« gab Adrian halb trotzig, halb entschuldigend zur Antwort, und setzte dann rasch hinzu: »Sie wollen also ein Bild, ein wirkliches, großes Bild aus dem Blatt da machen?«

»Vielleicht!« Es klang etwas wie trüber Zweifel in dem Tone. »Wenn ich dazu komme, es auszuführen.«

»Und ich soll auf dem Bilde sein, leibhaftig, so wie ich da stehe?«

»Nein, Adrian, nicht wie Sie da stehen. Eine Figur, wie die Ihrige, setzt man nicht so ohne weiteres in eine Berglandschaft hinein. Solche Gestalten kommen nur in irgendeinem leidenschaftlichen Vorgänge zur Geltung, in einem Kampfe zum Beispiel, in einem Ringen auf Leben und Tod-«

Er hielt inne, betroffen von dem jähen Auffahren Adrians. Dieser hatte mit beiden Händen den Griff seines Stutzens gefaßt, und in seinem Auge blitzte es wild und drohend auf, als er mit rauher Stimme hervorstieß:

»Was soll das? Wer hat Ihnen das gesagt?«

»Mir?« fragte der junge Mann mit äußerster Befremdung. »Was denn? Mir hat niemand etwas gesagt.«

»Ich wollt' es auch keinem raten!« grollte Adrian, noch immer mit finsterer Drohung.

»Aber, was meinen Sie denn eigentlich? Welchen Sinn legen Sie meinen Worten unter? Sie waren ganz harmlos gemeint.«

Die Hände Adrians lösten sich langsam von der Waffe, und sein Blick sank zu Boden.

»Nichts, gar nichts! Ich meinte nur, Ihnen wäre das dumme Gered' zu Ohren gekommen, das- nichts für ungut, Herr Siegbert! Ich glaub' es Ihnen, daß Sie mich nicht haben kränken wollen, Ihnen glaub' ich's, wenn Sie es mir sagen, denn Sie lügen nicht.«

Über Siegberts Antlitz zog ein flüchtiges Lächeln bei den letzten, mit fast leidenschaftlicher Wärme gesprochenen Worten.

»Sie scheinen überhaupt eine sehr hohe Meinung von mir zu haben. Gegen alle anderen sind Sie schroff und unzugänglich, nur mit mir allein machen Sie eine Ausnahme. Was ist es denn eigentlich, das mir Ihr Vertrauen gewann?«

»Weiß ich's?« sagte Adrian mit einem langen Blick in die ernsten, dunklen Augen des Fragenden. »Vielleicht kommt's daher, daß Sie mir die Hand drückten, das erstemal, wo wir zusammentrafen, und ich hatte doch wenig genug getan. Sie waren im Nebel auf die Klippen geraten, und ich brachte sie wieder auf den Weg zurück. Ein anderer hätte mir ein Geldstück gegeben und mich laufen lassen. Sie dankten mir, wie ich's noch selten gehört habe, und sahen mich dazu an, wie eben jetzt- in Ihren Augen liegt es, daß ich Sie leiden mochte, gleich vom ersten Tage an.«

»Und doch wollen Sie diesen Augen nicht standhalten?« scherzte der junge Maler. »Sie sind ein seltsamer Mensch, Adrian! Ich möchte Sie beneiden um Ihre kraftvolle Natur, um den kühnen Trotz, mit dem Sie alle Welt herausfordern, wenn nur nicht dies Unstete, Unheimliche in Ihrem Wesen läge, das mich immer wieder zurückstößt. Was war das wieder für eine Wildheit, die vorhin ohne jede Veranlassung hervorbrach! Je länger ich mit Ihnen verkehre, desto rätselhafter werden Sie mir.«

Adrian gab keine Antwort; er wollte offenbar dies Gespräch nicht fortsetzen, so schwieg auch Siegbert, und sein Blick verlor sich träumend in den Himmel, der sich zum erstenmal seit Wochen wieder klar und wolkenlos über den Bergen wölbte.

Von dem Gebirge war freilich hier nicht viel zu sehen, denn der Wald verbarg die Aussicht. Nur ein einzelner riesiger Berg blickte mit seinen grünen Matten gerade herein in die stille Waldwiese, und über diesem sonnigen Grün erhob sich eine mächtige Felswand, die, jäh und schroff ansteigend, in tausend Klüfte und Zacken zerrissen, den Gipfel des Berges krönte. Auf ihren Spitzen lag noch der Schnee, den die Wolken dort zurückgelassen hatten, er hob sich leuchtend ab von dem blauen Himmelsgewölbe.

Dort oben schwebte ein dunkler Punkt, der zuerst unbeweglich schien, dann aber in weiten, regelmäßigen Bahnen die sonnige Luft durchschnitt. Es war ein Adler, der langsam und majestätisch dort über der Felswand seine Kreise zog. Anfangs in unerreichbarer Hohe, kaum dem Auge sichtbar, senkte er sich allmählich immer tiefer herab. Jetzt umkreiste er mit mächtigem Flügelschlage die schneeigen Spitzen, und auf einmal schoß er jäh herab und verschwand zwischen den Felsen.

Siegberts Augen hatten sich wie gebannt an jenen Flug geheftet; er schien vollständig vergessen zu haben, daß er nicht allein war, und fuhr wie aus einem Traume erwachend empor, als Adrian plötzlich sagte:

»Wenn ich den Burschen da nur einmal zum Schuß bekommen könnte!«

»Wen? Den Adler? Sie wollen das prachtvolle Tier niederschießen?«

»Ja, was denn sonst?«

Die Frage klang sehr verwundert. Siegbert besann sich und fuhr mit der Hand über die Stirn.

»Freilich, Ihnen ist der Adler nur eine Jagdbeute und nichts weiter. Ich- dachte an etwas anderes bei seinem Fluge.«

»Ich habe ihn schon längst aufs Korn genommen,« meinte Adrian gleichmütig, »aber ich treffe ihn nie schußgerecht. Er hat sein Nest da oben an der Egidienwand, und es ist auch ein Junges darin, aber dem Vogel wie dem Neste ist nicht beizukommen.«

»Das glaube ich!« Siegbert folgte der bezeichneten Richtung und maß die schwindelnde Höhe, wo der Blick nichts unterschied als wild zerklüftetes Gestein. »Dort also, unter den höchsten Zacken der Egidienwand? Da hinauf tragen freilich nur Flügel.«

»Nur Flügel?« wiederholte Adrian mit einem kurzen Auflachen. »Nun, ich käme zur Not auch noch hinauf ohne Flügel, und ich hätt' es auch schon längst versucht, wenn nicht-« er brach plötzlich ab und verstummte.

»Sie werden doch nicht eine solche Tollkühnheit begehen!« rief der junge Maler unwillig. »Und warum? Um einer bloßen Prahlerei willen!«

Adrian warf trotzig den Kopf zurück. »Warum? Nun, weil es sonst keiner wagt, gerade darum hätt' ich Lust, es zu probieren. Aber seien Sie ruhig, Herr Siegbert, ich geh nicht hinauf. Da hinauf nicht, und ein anderer wagt es sicher nicht, das Nest auszunehmen.«

»Das hieße auch mehr als das Leben wagen,« sagte Siegbert ernst. »Das hieße den Absturz geradezu herausfordern- und die Egidienwand ist schon einem verhängnisvoll geworden, wie das Kreuz da oben zeigt.«

Er wies hinauf; auf dem hellen Grün der Matte erhob sich in der Tat ernst und dunkel ein Kreuz, das wohl von bedeutender Größe sein mußte, da es selbst hier unten deutlich sichtbar war. Adrian warf nicht einen einzigen Blick hinauf; er hatte seinen Stutzen von der Schulter genommen und untersuchte den Lauf desselben.

»Das Kreuz ist ein Wahrzeichen des Berges. Es steht schon an dreißig Jahr und länger, der Bauer, dem die Alm gehört, hat es aufrichten lassen- sonst ist nichts dahinter.«

»Es ist aber doch jemand an dieser Stelle herabgestürzt; ich erinnere mich ganz deutlich, es gehört zu haben.«

»Kann schon sein,« sagte Adrian lakonisch.

Siegbert sah ihn befremdet an. »Nun, Sie müssen das doch wissen! Es soll ja erst vor einigen Jahren passiert sein. Ich habe allerdings nur flüchtig von der Sache gehört. Wer war denn der Unglückliche?«

»Wer wird es gewesen sein,« meinte Adrian kalt, »ein Wilddieb!«

»Dort oben?« fragte Siegbert zweifelnd. »In solcher Höhe?«

»Warum nicht? Der Wald geht bis zur Alm. und bei der Alm fangt die Egidienschlucht an. Wer da in der Hast und Dunkelheit den Weg verfehlt, der liegt drunten!- Aber Sie sind wohl fertig mit Ihrer Zeichnung, Herr Siegbert, und brauchen mich jetzt nimmer.«

»Nein,« sagte der junge Mann freundlich. »Ich danke Ihnen, Adrian.«

»So muß ich fort. Behüt' Gott!« Damit warf Adrian den Stutzen wieder über die Schulter, lüftete den Hut zum Gruß und verschwand gleich darauf zwischen den Bäumen.

Siegbert blieb allein zurück. Er lehnte den Kopf an den Stamm des Baumes und schloß die Augen, als blende ihn das Sonnenlicht, das so goldig über die Wiese hinflutete. Die tiefe Stille ringsum schien so recht zum Träumen einzuladen, aber es waren keine süßen Träumereien, denen sich der junge Mann hingab. In seinem Gesichte stand ein schmerzlich bitterer Zug, und die Lippen preßten sich so fest aufeinander, als müßten sie ein geheimes Weh verschließen.

Plötzlich wurde die Waldesruhe gestört durch lautes Sprechen und Rufen, das sich in unmittelbarer Nähe vernehmen ließ. Siegbert zuckte zusammen; mit einer raschen Bewegung schloß er die Skizzenmappe, die noch geöffnet neben ihm lag, und erhob sich. Die Sprechenden waren inzwischen drüben aus dem Walde hervorgetreten. Ein kleiner, wohlbeleibter Herr, dem das moderne Touristenkostüm etwas sonderbar stand, kam eiligen Schrittes über die Wiese; ihm folgte eine kleine, hagere Dame, die einen Regenschirm von riesigen Dimensionen aufgespannt hielt, wahrscheinlich zum Schutz gegen die noch immer tropfenden Baume, und ein junges Mädchen in eleganter Stadttoilette schloß den Zug. Der Herr hatte jetzt den einsamen Träumer erreicht; er blieb vor ihm stehen und schlug entrüstet die Hände zusammen.

»Siegbert, ist es denn möglich, du bist wirklich hier im Walde? In dieser Nässe? Und was soll das heißen, daß du heimlich davon läufst, ohne uns ein Wort davon zu sagen? Wir haben dich eine volle Stunde lang gesucht.«»Und da auf dem feuchten Moose hast du gesessen?« fiel die Dame entsetzt ein. »Kann man dich denn nie aus den Augen lassen? Du wirst dir das Fieber, den Tod holen, mit dieser Unvorsichtigkeit.«

Siegbert versuchte sich zu verteidigen, aber er kam nicht zu Worte, denn jetzt brach von beiden Seiten ein Strom von Vorwürfen auf ihn ein, der gar nicht zu hemmen war. Er machte auch keinen Versuch mehr dazu, er mochte aus Erfahrung wissen, daß es vergebens war, aber der müde, gequälte Ausdruck in seinem Gesicht trat deutlicher als je hervor, während er den Kopf senkte und schweigend alles über sich ergehen ließ.

Das junge Mädchen hatte sich inzwischen der Skizzenmappe bemächtigt und rief jetzt, darin blätternd, im Tone der Überraschung: »Das ist ja der Adrian Tuchner!«

Der Redestrom der beiden andern verstummte, sie wendeten sich um und machten Anstalt, die Zeichnung zu beaugenscheinigen und zu kritisieren, aber die Kritik fiel sehr ungünstig aus.

»Wahrhaftig, Adrian Tuchner!« sagte der kleine Herr. »Nun, das muß man sagen, du zeigst einen recht gewählten Geschmack, wenn du solche Galgenphysiognomien auf das Papier bringst! Willst du diese Banditengestalt für eines deiner Bilder verwenden? Das würde etwas Schönes werden!«

»Und du bist mit dem verrufenen Menschen allein hier im tiefen Walde gewesen?« rief die Dame. »Gott im Himmel! Ich stehe schon Todesangst aus bei dem bloßen Gedanken daran. Freilich, du hast ja eine förmliche Vorliebe für diesen Tuchner, und er folgt dir auf Schritt und Tritt. Da werden wir noch etwas Schreckliches erleben! Er wird dich eines Tages überfallen- totschlagen- verscharren-«

»Aber, liebe Mama,« unterbrach der junge Mann diese düsteren Prophezeiungen, »was hätte denn Adrian davon, mich zu überfallen? Er weiß ja, daß ich nichts Wertvolles bei mir trage, und überdies ist er kein abenteuernder Vagabund, sondern überall bekannt und sogar ansässig hier.«

»Aber er wird von aller Welt gemieden und geflohen, wie der Böse selbst. Irgend etwas Schlimmes ist mit dem Burschen, daran ist gar nicht zu zweifeln. Die Leute wollen nur nicht mit der Sprache heraus, uns Fremden gegenüber. Ein für allemal, Siegbert- ich verbitte mir deine Intimität mit solchem Gesindel. Suche dir deine Modelle in unsern Kreisen, da wird es dir an würdigen Vorbildern nicht fehlen.«

Der kleine Herr richtete sich bei diesen Worten zu seiner ganzen, allerdings sehr unbedeutenden Höhe auf, und seine selbstbewußte Miene, wie sein Blick, der über die beiden Damen hinglitt, verrieten, daß der junge Maler diese »würdigen Vorbilder« nicht weit zu suchen habe.

»Siegbert hat neulich erst erklärt, daß es in unsern Kreisen keine interessanten Gestalten gäbe,« ließ sich jetzt das junge Mädchen in sehr gereiztem Tone vernehmen. »Er langweilt sich ja überhaupt bei uns und ergreift jede Gelegenheit, sich fortzustehlen. Laß ihm doch seine Lieblingsstudien, Papa. Wenn sie ihn zu solchen Bekanntschaften führen- um so schlimmer für ihn!«

»Fränzchen hat recht,« sagte der Papa mit feierlichem Nachdruck. »Ich habe es schon seit einiger Zeit bemerkt, daß dein Talent eine höchst bedenkliche Richtung nimmt. Du entfernst dich von den Idealen, und das ist der erste Schritt zum Verderben. Du wirst dich dem krassen Realismus der Gegenwart zuwenden, du wirst darin versinken, untergehen.«-

Es war jedenfalls eine ganz grauenvolle Perspektive, die dem jungen Künstler eröffnet wurde. Zum Glück wurde die weitere Ausmalung derselben unterbrochen, denn in diesem Augenblick trat eine andere Gesellschaft aus dem Walde hervor.

Es war ein alter Herr, von vornehmem Äußeren, der eine junge Dame am Arme führte, während ein anderer Herr an ihrer Seite ging. Der letztere, ein noch ziemlich junger Mann, mit hochblondem Haar und Bart, zeigte in seinem Äußeren unverkennbar den englischen Typus und wäre eine ganz angenehme Erscheinung gewesen, wenn nicht eine gewisse Kälte und Gemessenheit ihm etwas Steifes und Hochmütiges verliehen hätte, das entschieden unangenehm berührte. Die Ankunft der Fremden machte der Familienszene auf der Wiese ein Ende, die Strafpredigt verstummte, und das Ehepaar und Fränzchen beeilten sich, die neuen Ankömmlinge mit der größten Liebenswürdigkeit zu begrüßen, während Siegbert mit einem kalten, stummen Gruße beiseite trat.

»Ah, Herr Präsident von Landeck!- Guten Morgen, Exzellenz.- Guten Morgen, gnädiges Fräulein!- Haben Sie schon einen Spaziergang gemacht und Sir Conway gleichfalls?« so tönte und schwirrte es durcheinander. Sir Conway fand es kaum der Mühe wert, die Begrüßung zu erwidern, der Präsident dagegen tat dies höflich, aber doch mit einer gewissen kühlen Zurückhaltung.

»Wir waren im Walde,« entgegnete er. »Meine Tochter wollte den ersten schönen Morgen nach so langer Zeit genießen. Sie scheinen in dem gleichen Fall zu sein, Herr Bürgermeister, Sie sind ja auch mit den Ihrigen unterwegs.«

»Wir haben nur unseren Siegbert aufgesucht,« erklärte der Bürgermeister. »Er war auf einmal verschwunden, und wir hatten keine Ahnung, wo er geblieben sein könnte. Zum Glück hatte jemand gesehen, wie er den Waldweg einschlug, und da-«

»Sind Sie mit Ihrer ganzen Familie natürlich nachgegangen,« vollendete der Präsident, um dessen Lippen ein leichtes, ironisches Lächeln spielte.

»Natürlich, Exzellenz, auf der Stelle! Und wo finden wir ihn? Hier im Walde, auf der nassen Wiese, wo er den ganzen Morgennebel ausgehalten hat, während der Arzt ihm so dringend Vorsicht und Schonung anempfahl. Ja, man hat seine Not mit den Söhnen, Exzellenz, wenn sie erwachsen sind, und mein Sohn hat nun vollends immer seinen Kopf für sich.«

»Herr Holm ist ja wohl Ihr Pflegesohn?« warf die junge Dame ein, während ihr Blick Siegbert streifte, der noch immer abseits stand, ohne sich mit einer Silbe an dem Gespräche zu beteiligen.

»Allerdings, gnädiges Fräulein, aber ich habe ihn stets als meinen wirklichen Sohn betrachtet. Von dem Augenblicke an, wo ich ihn als arme Waise in mein Haus aufnahm, hat er die gleichen Rechte genossen, wie mein eigenes Kind. Ich darf mich wohl rühmen, daß ich zuerst sein Talent entdeckt und zur Anerkennung gebracht habe. Er wäre nicht das erste Genie gewesen, das an der Beschränktheit und Armseligkeit seiner Verhältnisse zugrunde ging, aber ich entriß ihn diesen Verhältnissen. Ich habe nichts gespart bei seiner Ausbildung, er ist zwei Jahre lang in der Residenz gewesen und hat den Unterricht eines unserer berühmtesten Künstler genossen. Jetzt allerdings ist er selbst ein Künstler geworden, der eine glänzende Zukunft vor sich hat.«

»Papa, ich bitte dich!« fiel Siegbert ein. Sein vorhin so bleiches Gesicht war jetzt von einer flammenden Röte bedeckt, und das nervöse Zucken seiner Lippen galt vielleicht ebensosehr der taktlosen Erwähnung seiner Armut, als den nicht minder taktlosen Lobsprüchen seines Pflegevaters.

»Unterbrich mich nicht!« sagte dieser würdevoll. »Du bist ein Künstler, du hast eine bedeutende Zukunft vor dir, aber du hast keinen Mut, kein Selbstvertrauen. Werden deine Bilder nicht überall gelobt und bewundert in Wiesenheim? Schickst du sie nicht sogar zur Ausstellung in die Residenz? Und wenn sie dort noch nicht die gebührende Anerkennung finden, so ist eben der Neid, die Mißgunst deiner Kollegen daran schuld, die kein jüngeres Talent aufkommen lassen wollen.«

»Herr Holm hat in der Tat ein recht hübsches Talent,« sagte der Präsident, aber es war augenscheinlich, daß ihm nur das Mitleid mit dem jungen Manne, der so sichtlich eine Folter ausstand, zu diesem kühlen Lobe veranlaßte.

»Ein großes Talent, Exzellenz, ein großes!« verbesserte die Frau Bürgermeisterin. »Unser Siegbert galt schon als Knabe für ein Wunderkind. Sie hüben ja seine Skizzen und Studien gesehen! Allerdings sind wir nicht durchweg damit einverstanden. Da hat er zum Beispiel den Adrian Tuchner gezeichnet, diesen unheimlichen Menschen-«

»Adrian Tuchner?« fiel die junge Dame lebhaft ein. »Das ist in der Tat ein interessanter Kopf! Darf ich das Blatt sehen?«

Der Herr Bürgermeister und seine Frau Gemahlin sahen etwas betroffen aus, als die »Galgenphysiognomie« interessant genannt wurde. Fränzchen aber kam mit großer Bereitwilligkeit dem Wunsche nach, indem sie selbst die Skizzenmappe herbeibrachte und öffnete.

Erst jetzt, wo sie unmittelbar neben der Tochter des Präsidenten stand, sah man es, wie unbedeutend ihre ganze Erscheinung war. Klein wie ihr Vater, mit einem frischen, runden Gesicht, mit hellen Haaren und Augen, konnte sie immerhin für ein hübsches Mädchen gelten, aber trotzdem und trotz ihrer sehr eleganten Toilette verlor sie doch ungemein neben jener hohen, schlanken Gestalt im einfachen Reisekleide. Der leichte Strohhut, der auf den dunklen Flechten saß, beschattete ein Antlitz, das in seiner streng regelmäßigen Schönheit vielleicht kalt erschienen wäre, wenn nicht die großen, strahlenden Augen ihm Leben und Ausdruck verliehen hätten, und die ganze Haltung zeigte jene vornehme Sicherheit, die das Leben in der großen Welt gibt, während Fränzchen in jedem Zuge die Kleinstädterin verriet. In dem Wesen des Fräuleins von Landeck lag gleichfalls etwas von der kühlen Zurückhaltung ihres Vaters den Reisegefährten gegenüber, aber es schwand vollständig in dem Augenblick, da sie mit unverkennbarem Interesse die Zeichnung betrachtete.

»Das ist ja vorzüglich getroffen! Ich glaubte nicht, daß es möglich wäre, so viel Leben in eine bloße Skizze zu legen. Sieh nur, Papa!«

Siegbert sah auf, nur einen Moment lang, dann senkte er den Blick wieder zu Boden, aber man sah es, daß er trotzdem mit atemloser Spannung dem weiteren Gespräch folgte.

»In der Tat, frappant,« sagte der Präsident, indem er einen ziemlich gleichgültigen Blick auf die Zeichnung warf. Sir Conway, der bisher gar nicht an dem Gespräche teilgenommen hatte, und dessen Miene deutlich zeigte, wie sehr es ihn langweilte, ließ sich jetzt herab, gleichfalls einen flüchtigen Blick auf das Blatt zu richten, das die junge Dame ihm hinhielt, während sie fragte:

»Finden Sie nicht auch, daß es das Beste von allem ist, was Herr Holm hier gezeichnet hat?«

Sir Conway erinnerte sich schwerlich mehr der übrigen Leistungen des Herrn Holm, deren Betrachtung der zärtliche Pflegevater ihm gleichfalls aufgedrungen hatte; aus Rücksicht auf die Fragende aber stimmte er mit einem steifen Kopfnicken bei.

»Wirklich?« fragte der Bürgermeister gedehnt. »Nun, Siegbert, du kannst stolz sein auf das Lob aus solchem Munde. Wer selbst eine so bedeutende Künstlerin ist, wie Fräulein von Landeck-«

»Ich bin nur Dilettantin«, unterbrach ihn die junge Dame, das Kompliment ruhig ablehnend. »Ich führe den Zeichenstift nur zu meinem eigenen Vergnügen und bin mit meinen Versuchen niemals in die Öffentlichkeit getreten.«

»Alexandrine hat sich von jeher die Grenzen ihres Talents klar gemacht«, sagte der Präsident mit einiger Schärfe. »Es wäre gut, wenn das ein jeder täte. Wir hätten dann nicht so viel mittelmäßige Talente mit unmäßigen Ansprüchen.«

Die Röte schlug wieder flammend auf in Siegberts Antlitz bei diesen Worten. Der Bürgermeister und seine Gattin aber, die nicht entfernt ahnten, daß sie ihrem »genialen« Pflegesohn gelten könnten, stimmten eifrig bei.

Alexandrine hielt die Zeichnung noch immer in der Hand, und es lag ein gewisses Zögern in ihrer Stimme, als sie jetzt zu dem jungen Maler gewendet sagte:

»Sie wollen die Skizze jedenfalls für ein Gemälde benutzen, Herr Holm?- Das Blatt an sich ist freilich schon interessant genug.«

So flüchtig die Äußerung auch hingeworfen wurde, es lag doch etwas wie ein halb ausgesprochener Wunsch darin. Sir Conway erriet das, und mit einer bei ihm ungewöhnlichen Lebhaftigkeit sagte er in geläufigem Deutsch, wenn auch mit englischem Akzent:

»Herr Holm legt wohl keinen Wert auf die flüchtige Zeichnung, die er ja sofort wieder ersetzen kann. Wenn er sie mir überlassen wollte, so würde ich mit Vergnügen-«

»Ich bedaure, Sir Conway«, unterbrach ihn Siegbert, dessen sonst so weiche Stimme in diesem Moment beinahe schneidend klang. »Es ist eine Studie, die ich notwendig brauche. Ich kann sie unmöglich aus den Händen geben.«

Der Engländer nahm diese Weigerung offenbar sehr übel, er streifte mit einem unglaublich hochmütigen und verächtlichen Blick den jungen Mann und zuckte kaum merklich die Achseln.

Aber auch Alexandrine preßte die seinen Lippen zusammen: sie legte rasch das Blatt wieder zu den übrigen, gab die Mappe Fränzchen zurück und wandte sich dann zu ihrem Vater.

»Wir werden uns beeilen müssen, Papa, wenn wir zu rechter Zeit an der Bahnstation sein und den Professor selbst empfangen wollen.«

Der Präsident sah nach der Uhr. »Es ist allerdings Zeit. Wir erwarten einen Freund aus der Residenz, der uns hier in den Bergen aufsucht, und der heute eintrifft. Auf Wiedersehen, meine Herrschaften!«

Er grüßte ebenso höflich und ebenso kühl wie vorhin, reichte seiner Tochter den Arm und schlug mit ihr den Waldpfad ein, während Sir Conway sich ihnen anschloß. Kaum waren sie außer Gehörweite, so brach ein wahres Ungewitter über Siegbert los.

»Ich weiß nicht, was ich von dir denken soll?« eiferte der Bürgermeister. »Hast du denn gar keinen Takt, gar keine Lebensart? Sahst du denn nicht, daß Fräulein von Landeck das Blatt zu haben wünschte, und daß Sir Conway sich einzig deshalb darum bemühte?«

Siegbert schien nicht zu hören, er hatte regungslos den sich Entfernenden nachgeblickt, jetzt aber wandte er sich um und entgegnete wie in aufflammendem Trotze:

»Ja, das sah ich- aber ich wollte meine Zeichnung nicht in seinen Händen wissen.«

»Du wolltest nicht?« wiederholte der Pflegevater. »Freilich, wann hättest du denn jemals etwas Vernünftiges gewollt! Da führt uns die Reise mit diesem Freiherrn von Landes zusammen, eine höchst distinguierte Bekanntschaft! Er ist Oberpräsident, Geheimrat, Exzellenz, und da die Tochter Künstlerin ist, so ist dir eine direkte Veranlassung zur Annäherung gegeben. Statt dessen hältst du dich in der absichtlichsten Weise fern und störst uns den ganzen freundschaftlichen Umgang.«

»Verzeih, Papa«, sagte Siegbert bitter. »Es ist wohl vielmehr der Präsident, der sich fernhält. Er läßt uns den Freiherrn und die Exzellenz öfter fühlen als nötig ist, und was nun vollends diesen Conway betrifft, so streift seine Nichtachtung beinahe an Beleidigung.«

Die letzten Worte wurden von den Pflegeeltern als eine Beleidigung ihrer selbst aufgefaßt. Es brach wieder ein Doppelstrom von Vorwürfen auf den jungen Mann ein, dem seine »lächerliche Empfindlichkeit« ebenso nachdrücklich vorgehalten wurde, wie seine Taktlosigkeit und sein Trotz. Siegbert hatte den letzteren längst aufgegeben und war wieder in sein müdes, mutloses Schweigen zurückgefallen. Endlich machte Fränzchen der Szene ein Ende.

»Wir wollen gehen, Papa«, sagte sie übellaunig. »Ich dächte, wir wären nun lange genug Siegberts wegen in dem nassen Walde umhergelaufen. Man verdirbt sich die ganze Toilette dabei, und es ist tödlich langweilig hier in dieser Einsamkeit, wo man keinen Menschen steht.«

Die Eltern fanden, daß Fränzchen wieder einmal recht habe, und die ganze Familie trat den Rückweg an. Siegbert folgte langsam den Voranschreitenden, am Rande des Waldes blieb er noch einmal stehen und blickte hinauf zu der Egidienwand. Der Adler kreiste jetzt wieder über den Felsen, frei und mächtig regte er seine Schwingen da oben im goldenen Sonnenlicht- in den Augen des jungen Mannes aber, die mit so qualvoll verzehrender Sehnsucht an jenem Fluge hingen, stand es deutlich geschrieben, was seine Lippen leise wiederholten: »Es ist etwas Hartes um die Gefangenschaft!«

KAPITEL 3

Auf der Terrasse des großen Hotels, das den ganzen Luxus und die ganze Unruhe des Fremdenverkehrs in die stille Bergeseinsamkeit verpflanzt hatte, saßen Präsident von Landes und seine Tochter mit ihrem Gast, der verabredetermaßen gestern eingetroffen war. Es war ein alter Herr, der bereits in den Sechzigern stehen mochte, dessen ganze Erscheinung aber eine beinahe noch jugendliche Frische und Lebhaftigkeit zeigte. Das weiße Haar umgab eine hohe, schöne Stirn, ein scharf ausgeprägtes, charakteristisches Gesicht, und die großen, blauen Augen blickten noch klar und feurig, wie die eines Jünglings. Er war im lebhaften Gespräch mit den beiden andern begriffen, augenblicklich jedoch lag eine Wolke auf seiner Stirn, als er rasch und unmutig sagte:

»Ich habe die Sache von Anfang an vorausgesehen. Er hat nicht hören wollen- nun mag er sein Schicksal tragen. Wir beide sind fertig miteinander!«

»Aber was hat Ihnen der junge Holm denn getan, Herr Professor, daß Sie so erbittert auf ihn sind?« fragte Alexandrine von Landes.

»Getan- nichts! Das ist es ja eben, daß er gar nichts getan hat, wo es darauf ankam, etwas zu tun. Zwei Jahre lang habe ich ihn unter Händen gehabt und dachte, etwas aus ihm zu machen, aber gerade da, als er gelernt hatte, was in unserer Kunst überhaupt zu lernen ist, als es darauf ankam, in die Welt hinauszugehen, um mit eignen Augen zu sehen, mit eigner Kraft zu schaffen, fällt es diesem verwünschten Pflegevater ein, ihn nach Wiesenheim zurückzurufen, damit er dort sein Talent ausübe, zu Nutz und Frommen des Herrn Bürgermeisters und seiner werten Familie. Nach Wiesenheim! diesem elenden Neste, das in irgendeinem gottverlassenen Winkel der Erde liegt, und auf keiner Landkarte zu finden ist, wohin nie ein vernünftiger Mensch gerät! Da soll ein junger Künstler existieren, der mehr als jeder andere auf das Leben und seine Erscheinungen angewiesen ist, da soll er etwas zustande bringen! Die Sache wäre einfach lächerlich, wenn sie nicht himmelschreiend wäre. Aber der gehorsame Sohn folgte natürlich dem Rufe.«

»Dem jungen Manne blieb vermutlich keine Wahl«, meinte der Präsident. »Er ist doch wohl gänzlich von seinem Pflegevater abhängig, und wenn dieser seine Hand zurückzog-«

»So war ich da!« fiel der Professor ein. »Ich habe noch keinen meiner Schüler im Stich gelassen, und bei dem hätte ich es nun vollends gar nicht getan. Ich habe mir den Jungen damals vorgenommen und ihm Himmel und Hölle vorgestellt. Ich setzte ihm auseinander, daß er einen künstlerischen Selbstmord beginge, wenn er sich gerade jetzt, am Wendepunkt seines Lebens, den Wiesenheimern auslieferte, daß er überhaupt mit dem ganzen Philistertum brechen müsse, das ihn von frühester Jugend an am Gängelbande geführt. Ich stellte ihm die Mittel zur Verfügung zu einer Studienreise nach Italien, drang sie ihm förmlich auf, aber es war alles vergebens. Er hatte es sich nun einmal in den Kopf gesetzt, weil man ihn als armen Knaben aufgenommen und erzogen, hätte er die Verpflichtung, sich und seine ganze Zukunft ruinieren zu lassen. Ich verlor schließlich die Geduld und stellte ihm ein Entweder- Oder! Ich sagte ihm rund heraus, daß es zwischen uns beiden aus wäre, wenn er keine Vernunft annähme. Er ging dennoch- und ist denn auch richtig mit seinem ganzen Talent zugrunde gegangen!«

»Hatte er denn wirklich Talent?« fragte Herr von Landes zweifelnd. »Was ich bisher von seinen Arbeiten gesehen habe, schien mir nicht die Mittelmäßigkeit zu überschreiten.«

»Was ich von ihm auf der letzten Ausstellung sah, war noch *unter* der Mittelmäßigkeit«, grollte der Professor. »Trotzdem kann ich es noch heute nicht verschmerzen, daß mir dieser Schüler verloren ging.«

»Und Sie sind doch ein gestrenger Lehrer!« sagte Alexandrine mit einem halben Seufzer. »Das habe ich erfahren, trotz der langjährigen Freundschaft, die Sie mit meinem Vater verbindet. Sie verschlossen mir erbarmungslos das Allerheiligste des Kunsttempels und verwiesen mich in den Vorhof desselben.«

Der Künstler blickte auf seine schöne Schülerin, und seine Stimme gewann einen tieferen Ernst, als er entgegnete: »Danken Sie es mir, Alexandrine, daß ich Ihnen das nutzlose Ringen um einen Preis ersparte, der Ihnen nun einmal nicht beschieden ist. Sie hätten sich nie mit eitler Selbsttäuschung betrogen, wie so viele andere. Sie hätten früher oder später selbst entdeckt, daß Ihr Talent Sie nur auf den Dilettantismus verweist. Aber mit Siegbert war es etwas anderes, der trug den Funken in sich, der die Flamme im Allerheiligsten entzündet, der *konnte* empor, und daß trotzdem nichts aus ihm geworden ist- dafür möchte ich diesem Potentaten von Wiesenheim und seiner gesamten Bürgerschaft noch nachträglich den Hals umdrehen!«

Die beiden Zuhörer lachten laut auf bei diesem so nachdrücklich kundgegebenen Wunsche, und der Präsident fragte: »Kennen Sie den Bürgermeister Eggert persönlich?«

»Nein, und ich habe auch nicht die mindeste Lust, seine Bekanntschaft zu machen.«

»Sie wird Ihnen aber schwerlich erspart bleiben. Er hat sicher Ihren Namen erfahren, und eine Berühmtheit wie Sie läßt er sich in keinem Falle entgehen. Der Herr ist etwas zudringlicher Natur; wir haben oft Mühe, uns seiner Gesellschaft und Unterhaltung zu erwehren.«

»Sein Pflegesohn ist um so zurückhaltender«, warf Alexandrine ein. »Wir sehen uns seit drei Wochen täglich, da wir in dem gleichen Hotel wohnen, aber er weicht uns bei jeder Gelegenheit aus, und ich habe kaum die allergewöhnlichsten Höflichkeitsphrasen aus seinem Munde gehört.«

Die Worte klangen unmutig, fast gereizt, und eine leichte Falte, die zwischen den seinen Brauen der jungen Dame lag, ließ auf eine ziemlich ungnädige Stimmung gegen den Betreffenden schließen. Der Professor nickte bestätigend.

»Ja, er war immer ein scheuer, blöder Junge, und in Wiesenheim wird er wohl auch nicht viel Lebensart gelernt haben. Aber lassen wir die Geschichte ruhen, sie hat mir damals, vor vier Jahren, Ärger genug gemacht.- Ich werde den Waldweg aufsuchen, den Sie mir so gerühmt haben, Alexandrine; es ist gerade noch Zeit, vor Tische einen Spaziergang zu machen.«

Dabei stand er auf, verabschiedete sich von den beiden und grüßte im Vorbeigehen Sir Conway, der soeben erschien und sich beeilte, den leer gewordenen Platz neben Fräulein von Landeck einzunehmen, während der Professor seine Schritte nach dem nahen Walde lenkte.

KAPITEL 4

Professor Bertold war es für diesmal nicht beschieden, die Waldeinsamkeit zu genießen, denn kaum hatte er den bezeichneten Weg aufgefunden, als ihm ein kleiner, wohlbeleibter Herr entgegenkam, der bei seinem Anblick stehen blieb und eiligst den Hut zog.

»Ich habe wohl die Ehre, den berühmten Professor Bertold zu sehen,« begann er sehr geläufig, »den ersten Künstler Deutschlands, dessen Meisterwerke die ganze gebildete Welt entzücken, dessen Ruhm-«

»Ich bin Professor Bertold«, unterbrach dieser kurz und trocken den Sprechenden. »Was steht zu Diensten?«

»Ich erfuhr schon gestern abend, welche Berühmtheit unser Hotel birgt,« erklärte der Bewunderer mit einer Zweiten Verbeugung, »und ich hätte mich Ihnen jedenfalls im Laufe des Tages vorgestellt. Mein Name ist Eggert, Bürgermeister von Wiesenheim.«

Der Professor richtete sich mit einem plötzlichen Ruck in die Höhe und maß mit unheilverkündenden Blicken den Herrn Bürgermeister, der ganz harmlos vor ihm stand, ohne Ahnung, daß der gepriesene Künstler eben noch den dringenden Wunsch geäußert hatte, ihm den Hals umzudrehen. Er fuhr in vertraulicher Weise fort:

»Mein Sohn hatte zwei Jahre lang das Glück, seine Studien unter Ihrer ausschließlichen Leitung machen zu dürfen, und ich freue mich unendlich, daß es mir nun auch vergönnt ist, den großen Meister persönlich kennen zu lernen-«

»Dem Sie seinen Schüler fortgenommen haben!« fiel ihm der große Meister ohne alle und jede Höflichkeit ins Wort.

»Oh, nicht doch, verehrter Herr Professor«, protestierte Eggert. »Ich weiß, es gab damals einige Differenzen zwischen unseren Ansichten. Sie wollten, daß Siegbert seine Studien in Italien fortsetze; Sie stimmten für Rom.«

»Und Sie für Wiesenheim!« rief Bertolt in einem Tone, der das schon in der Ferne grollende Gewitter verkündete. »Und Sie haben es auch richtig durchgesetzt, den armen Jungen in Ihrem Krähwinkel festzuhalten.«

Der Bürgermeister der so schwer beleidigten Stadt nahm die Miene verletzter Würde an.

»Bitte, Herr Professor, da tun Sie unserer guten Stadt unrecht. Wiesenheim bietet allerdings nicht so viel wie Rom, das gebe ich zu, aber es ist viel bedeutender, als Sie glauben. Es hat achttausendvierhundertundfünfunddreißig Einwohner, ein Kreisgericht, eine altertümliche Kirche, ein ganz neues Stadtgefängnis, das sehr stark benutzt wird-«

»Und einen Bürgermeister!« ergänzte Bertold die Aufzählung aller dieser Vortrefflichkeiten. Der genannte Herr schien das für ein Kompliment zu nehmen, denn er lächelte versöhnt.

»Ich widme allerdings seit zwanzig Jahren meine besten Kräfte dem Wohle unserer Stadt, und ich kann wohl sagen, daß sie unter meiner Leitung einen ganz bedeutenden Aufschwung genommen hat. Ich versichere Ihnen, daß sich Siegbert sehr wohl dort befindet, und es fehlt ihm auch keineswegs an der nötigen Anerkennung. In unserem »Tagesboten« wird jedes seiner Bilder mit Bewunderung, ja mit Begeisterung besprochen.«

»Das ist allerdings eine schwerwiegende Anerkennung. Der »Tagesbote« ist vermutlich das Hauptorgan von Wiesenheim?«

»Unser einziges Organ, aber ein ganz vorzügliches Blatt, besonders seit den letzten Monaten, wo es unter der Leitung eines neuen Redakteurs steht, eines jungen Dichters, der ein Genie ersten Ranges ist und dereinst den Heroen unserer Dichtkunst beigezählt werden wird. Das hat er uns nämlich gleich in dem ersten Artikel, den er schrieb, in überzeugender Weise auseinandergesetzt, und wir glauben es auch alle. Er zählt zu den Freunden meines Hauses und ißt alle Sonntage bei mir zu Mittag.«

»Sie sind ja ein wahrer Kunstmäzen!« spottete Bertold. »Den Maler erziehen Sie zu einer Stadtberühmtheit und dem Dichter geben Sie jeden Sonntag ein Mittagessen-eine Art Medizäer von Wiesenheim!«

Der Bürgermeister schien diesen Vergleich nur ganz in der Ordnung zu finden, denn er nickte beifällig.

»Ich halte es für die Pflicht eines jeden, der mit Glücksgütern gesegnet ist, die Kunst und die Künstler zu unterstützen. Ich habe das von jeher getan, und was Siegbert betrifft, so dankt er gerade der Ruhe und Sammlung seines jetzigen Lebens die ideale Richtung, die ihm draußen im Treiben der großen Welt verloren gegangen wäre. Ja, Herr Professor, die Gemütlichkeit, der häusliche Herd, das Familienleben, das sind die wahren Musen des deutschen Künstlers!«

Er war augenscheinlich im Begriff, sich noch des weiteren und ausführlicheren über Ideale und Musen zu verbreiten, aber die Geduld des Professors war jetzt zu Ende, das lang verhaltene Gewitter kam endlich zum Ausbruch.

»Sagen Sie es doch lieber gerade heraus, daß Sie dem armen Jungen die Freiheit nicht gönnten!« fuhr er auf, »daß Sie ihn nicht aus den Händen lassen wollten, weil Sie Furcht hatten, Ihr Genie, das Sie eigens aufgezogen haben, um Staat damit zu machen, könne Ihnen verloren gehen, sobald es Leben und Freiheit gekostet. Sie wußten so gut wie ich, daß, wenn Siegbert erst einmal Ihren Wiesenheimer Musen mit der idealen Richtung den Rücken kehrte, er auch nicht wieder kam. Darum widersetzten Sie sich der Reise nach Italien, darum riefen Sie ihn aus der Residenz zurück. Sie wollten ihn zeitlebens am Gängelbande haben, zeitlebens hinter dem Ofen festhalten; was dabei aus ihm und seiner Kunst wurde, das kümmerte Sie nicht.«

Der Bürgermeister wurde dunkelrot vor Ärger und vielleicht auch vor Verlegenheit, als man ihm die Wahrheit so rücksichtslos in das Gesicht sagte. Er protestierte in sittlicher Entrüstung und erhob seine Stimme zu den höchsten Fisteltönen:

»Herr Professor, Sie verkennen mich in der schmählichsten Weise. Ich habe meinen Pflegesohn aus Armut und Niedrigkeit emporgezogen, ich habe ihm die Mittel zum Studium gegeben. Ohne mich wäre er mit seinem Talente untergegangen-«

»Durch Sie ist er untergegangen!« schrie der Professor in seinem kräftigen Baß. »Freilich, es ist die Schuld des Jungen, er hat sich geduldig die Flügel binden lassen, bis er das Fliegen überhaupt verlernte. Die Energie, das Durchgreifen hat ihm von jeher gefehlt. Wäre ich an seiner Stelle gewesen, ich hätte die sogenannte Dankbarkeit zum Kuckuk gejagt, ich hätte Ihre ganze Wiesenheimer Gemütlichkeit mit oder ohne Musen über den Haufen geworfen und wäre nach Rom gegangen!«

Er warf dem armen Bürgermeister, der wie erstarrt vor dieser Grobheit stand, noch einen wütenden Blick zu, kehrte ihm dann den Rücken und stürmte davon. Eggert sah ihm aufs höchste betroffen nach, es dauerte einige Minuten, ehe er die Sprache zurückgewann, dann schüttelte er den Kopf und sagte halblaut:

»Ein sehr exzentrischer Mensch, dieser Professor Bertold! Freilich, er gilt überall für ein Original, und bei seiner großen Berühmtheit muß man ihm die Originalität hingehen lassen, aber sie kann doch bisweilen recht unangenehm werden.«

KAPITEL 5

Der Professor ging indessen im Sturmschritt vorwärts, ohne im mindesten auf die gerühmten Schönheiten des Weges zu achten. Er sah weder rechts noch links, und so bemerkte er denn auch seinen ehemaligen Schüler nicht, der nur wenige Schritte seitwärts vom Wege im Moose lag. Siegbert hatte auch heute die unvermeidliche Begleitung und Kontrolle des Pflegevaters erdulden müssen, aber wenigstens die Erlaubnis erhalten, noch eine Stunde im Walde bleiben zu dürfen, um eine Baumgruppe zu zeichnen. Er zeichnete indessen nicht, sondern blickte träumend zu den Baumwipfeln empor, als der wuchtige Tritt Bertolds die Stille unterbrach. Der junge Mann sah auf und sprang dann jäh in die Höhe; er schien im ersten Augenblick ganz verwirrt und fassungslos, und es vergingen einige Sekunden, ehe er sich zu einem scheuen, verlegenen Gruße aufraffte.

Auch der Professor stutzte bei diesem unerwarteten Zusammentreffen, aber sein Gesicht wurde nur noch ingrimmiger. Er neigte kaum merklich den Kopf und wollte ohne ein Wort vorübergehen. Doch der kurze, scharfe Blick, mit dem er das Antlitz Siegberts streifte, mochte ihm wohl dessen tiefe, krankhafte Blässe gezeigt haben. Er blieb wie unwillkürlich stehen und sagte, allerdings in sehr kaltem Tone:

»Sieh da, Herr Holm! treffen wir wieder einmal zusammen!«

»Ich hatte Ihre Ankunft bereits erfahren«, entgegnete Siegbert leise. »Aber ich wagte nicht- ich fürchtete-«. Er brach ab, und der Professor ermutigte ihn auch nicht fortzufahren, erst nach einer sekundenlangen Pause fragte er in demselben eisigen Tone:

»Wie geht es Ihnen, Herr Holm?«

Jetzt schlug Siegbert langsam die Augen auf. »Herr Professor, ich weiß, daß Sie mir noch immer zürnen. Aber, was habe ich denn so Schweres verbrochen, daß Sie mir sogar den Namen verweigern, den Sie mir doch stets gegeben haben?«

War es das Beben in dieser halbunterdrückten Stimme oder der flehende Blick der dunklen Augen, genug, der Professor empfand ein menschliches Rühren, und seine Stimme klang um einige Grade wärmer, als er sagte:

»Nun, so tragisch brauchst du die Sache nicht zu nehmen. Wenn der »Herr Holm« dich gar zu sehr kränkt, so können wir ihn meinetwegen beiseite lassen. Also, wie geht es dir?«

»Mir geht es gut«, entgegnete der junge Mann matt und mit einem Ausdruck, der die Worte geradezu Lügen strafte.

»Natürlich!« höhnte Bertold. »Wie sollte es dir denn auch anders gehen in einer so bedeutenden Stadt mit achttausendvierhundertundfünfunddreißig Einwohnern, einer alten Kirche und einem neuen Stadtgefängnis, das sehr stark benutzt wird. Schade nur, daß der Herr Bürgermeister sich nicht dazu herabläßt, es einmal sechs Wochen lang persönlich zu benutzen!«

»Sie haben meinen Pflegevater gesprochen?« fragte Siegbert.

»Soeben wurde mir das Glück seiner Bekanntschaft zuteil. Wir haben übrigens nicht bloß über das Stadtgefängnis gesprochen, sondern auch über das Ideal, die Musen und die sonstigen Gemütlichkeiten deines jetzigen Lebens. Der Herr Bürgermeister behauptet, daß du dich ganz wohl darin befindest. Willst vielleicht auch du mir das ins Gesicht hinein behaupten?«

Siegbert gab keine Antwort; der Professor schien sie auch kaum zu erwarten, denn er fuhr mit herbem Spotte fort:

»Und du malst ja auch dabei. Ich habe deine Bilder auf der letzten Ausstellung gesehen- sie waren miserabel.«

»Ja, Herr Professor«, sagte der junge Mann tonlos.

»So, also siehst du das wenigstens ein? Miserabel waren deine Genrebilder! Wiesenheimer Idyllen, mit bürgermeisterlichen und stadträtlichen Physiognomien, und dabei so trocken und nüchtern gemalt, als hättest du nie einen Funken von Talent besessen! Glaubst du denn wirklich, mit solchem Zeug irgend etwas zu erreichen?«

»Nein!« sagte Siegbert ebenso klanglos wie vorhin, aber diese eigentümliche Zustimmung zu seinem Verdammungsurteil schien den Professor nur noch mehr zu erbittern: er ließ die angenommene Kälte gänzlich fahren.

»Laß dein eintöniges Ja und Nein und gib mir Rede und Antwort! Warum hast du denn überhaupt gemalt? Warum hast du den Pinsel in die Hand genommen, wenn du nichts Besseres zu machen wußtest?«

»Weil ich doch irgend etwas tun mußte dafür, daß man mir Unterhalt und Erziehung gab. Das wurde gefordert, und ich hatte nicht das Recht, es zu weigern. Ich sollte und mußte malen, sollte und mußte die Ausstellung beschicken, so habe ich es denn getan, aber ich tat jeden Pinselstrich mit Widerwillen.«

»Es ist auch danach geworden!« rief der Professor und machte Anstalt, seinen ganzen Künstlerzorn über den mißratenen Schüler auszugießen; da fiel sein Blick wieder auf das Antlitz desselben, das in seiner bleichen, starren Regungslosigkeit etwas Unheimliches hatte; er stockte mitten in der Rede, trat dicht an den jungen Mann heran und faßte ihn bei den Schultern.

»Junge, was ist aus dir geworden! Wie siehst du aus? Du hast ja keinen Blutstropfen mehr im Gesicht! Habe ich es dir nicht vorher gesagt, daß sie dich zu Tode malträtieren würden? Warum bist du nicht durchgegangen damals, als es noch Zeit war?«

»Ich konnte nicht! Es wäre mehr als undankbar, es wäre infam gewesen, hätte ich dem Manne, dem ich alles verdanke, den Rücken gekehrt, sobald ich seiner nicht mehr bedurfte. Ich habe es ja versucht, die Trennung auf gütlichem Wege zu erreichen, es war aber unmöglich. Mir blieb nur die Wahl, jede Dankbarkeit, jede Rücksicht mit Füßen zu treten oder mich zu fügen.«

»Und da hast du dich natürlich gefügt. Wie dir die Dankbarkeit und Rücksicht bekommen ist, das zeigt dein Gesicht. Du siehst mir gerade aus, als wärst du eben dabei, in aller Gemütlichkeit zugrunde zu gehen.«

»Vielleicht!« sagte Siegbert dumpf. »Wenigstens habe ich mehr als einmal überlegt, ob es nicht am besten wäre, diesem ziel- und zwecklosen Leben da unten in der Ache ein Ende zu machen.«

»Dergleichen Dummheiten verbitte ich mir!« brauste der Professor auf. »Untersteh' dich nicht, mir nun auch noch gar mit Selbstmordgedanken zu kommen! Du solltest dich schämen! Ein Mensch von siebenundzwanzig Jahren, ein Künstler, der sich einst zum Höchsten berufen glaubte, und hast nicht einmal den Mut, die selbstgeschaffenen Fesseln zu zerreißen und deinem Talente freie Bahn zu schaffen!«

»Ich *habe* aber kein Talent!« brach Siegbert in tiefster Bitterkeit aus, »das habe ich in diesen vier Jahren einsehen gelernt. Was gibt mir denn das Recht, die Schranken der Alltäglichkeit zu durchbrechen, wenn ich nichts leiste, was über die Alltäglichkeit hinausgeht? Ich habe es ja oft genug versucht, aber es lag wie ein eisiger Druck auf mir, der allen Mut, allen Schaffensdrang lähmte. Sie haben mich gelehrt, von jeher den Blick auf das Höchste zu richten; jetzt kann ich das Sehnen und Ringen danach nicht wieder los werden, und ich weiß doch, daß mir die Kraft versagt, daß ich nichts bin, und nichts sein werde. Geben Sie mich auf, Herr Professor- ich habe mich ja längst schon aufgegeben!«

»Das fällt mir gar nicht ein!« schrie der Professor im hellen Zorn. »Denkst du, ich werde dich so ohne weiteres ins Wasser springen lassen? Junge, ich wollte, dich packte irgendein Schicksal, eine Leidenschaft, ein Unglück meinetwegen, sei es was es wolle, damit du herausgerissen würdest aus dieser verwünschten Resignation und Selbstquälerei! Du *hattest* Talent, das sage ich dir, und darauf verstehe ich mich besser als du; aber was dir von jeher gefehlt hat, das ist das Selbstvertrauen, die Energie, die Leidenschaft, die alles an ihr Ziel setzt. Ohne diese drei ist nun einmal nichts Hohes und Großes im Leben zu erreichen. Wärst du mir damals gefolgt, hättest du dich von dem Philistertum losgerissen und dich mitten in das Leben geworfen, es wäre alles anders geworden. Übrigens sehe ich nicht ein, warum es jetzt dazu zu spät sein soll.«

Siegbert schüttelte leise, aber entschieden den Kopf. »Damals glaubte ich noch an mein Talent, wie Sie daran glaubten, jetzt weiß ich, daß wir uns beide getäuscht haben. Ich habe keine von

Ihren Erwartungen erfüllt, *kann* keine erfüllen, dazu gehört vor allem der Glaube an sich selbst- und den habe ich verloren!«

Er legte die Hand über die Augen und lehnte sich an den Stamm des Baumes. Aus dem Gesichte des Professors war aller Ingrimm verschwunden, es sprach im Gegenteil eine tiefe Angst daraus, als er die Hand auf den Arm des jungen Mannes legte und bittend, beinahe weichmütig sagte:

»Siegbert, springe mir nicht in die Ache! Siehst du- das hat wirklich noch Zeit, das kannst du ja immer noch tun, wenn es durchaus nicht anders geht, probiere es erst einmal mit dem Leben! Du hast allerdings ein paar miserable Bilder gemalt, aber deshalb brauchst du doch nicht so ganz und gar zu verzweifeln.«

Siegbert richtete sich wieder empor und versuchte, sich zu fassen. »Es ist nicht das allein,« sagte er ruhiger, »ich habe es ja so lange ertragen müssen. Aber gerade hier wurde es mir in so überwältigender Weise klar, was ich hätte erringen können, wenn ich ein Künstler geworden wäre wie Sie, und was mir nun auf ewig unerreichbar ist.«

»Hier ist dir das klar geworden?« fragte Bertold. »Also steckt dir noch irgend etwas anderes im Kopfe? Heraus damit! Du wirst doch vor deinem alten Lehrer keine Geheimnisse haben?«

Der junge Mann schrak zusammen, als sei er auf einem Verrat ertappt worden. »Sie sind im Irrtum«, entgegnete er mit einer fliegenden Röte. »Ich wollte nur sagen- ich meinte nur die Schönheit und Erhabenheit der Bergnatur nach unserm so eng begrenzten Leben daheim- gewiß, ich meinte nichts anderes.«

Er nahm rasch, als wolle er jede weitere Erörterung abschneiden, seine Skizzenmappe vom Boden auf, und streckte noch etwas scheu und zögernd die Hand hin, die der Professor mit kräftigem Drucke ergriff.

»Ich nehme das als dein Versprechen, daß du vernünftig sein und keine Dummheiten machen wirst«, sagte er ernst. »Ich bleibe noch einige Tage hier, wir haben also Zeit, die Sache zu überlegen. Und nun geh', mein Junge.«

Siegbert ging und war bald aus dem Gesichtskreise seines alten Meisters verschwunden, der allein im Walde zurückblieb.

Noch vor einer Stunde hatte Professor Bertold mit der größten Entschiedenheit erklärt, daß er mit seinem ehemaligen Schüler ein für allemal fertig sei und sich nicht mehr um ihn kümmere, und doch hatte es nur dieser Begegnung bedurft, um ihm zu zeigen, wie sehr ihm Siegbert trotz alledem an das Herz gewachsen war. Er hatte damals schwer genug den Verlust seines Lieblingsschülers ertragen, des einzigen, auf den er wirklich große und bedeutende Hoffnungen setzte, den er fast wie einen eignen Sohn liebte. Sein hitziges Temperament hatte ihn beim Abschiede fortgerissen, sich ein für allemal von dem Ungehorsamen loszusagen, aber der Zorn verrauchte bald genug, und wenn Siegbert eine erneute Annäherung versucht hätte, so wäre er schwerlich zurückgewiesen worden. Aber der junge Mann, verschüchtert und zu Boden gedrückt durch die Vorwürfe seines Lehrers, an dem er mit ganzer Seele hing, von allen Seiten gefesselt und eingeengt durch die Verhältnisse, in die er zurückkehrte, wagte diese Annäherung nicht. Er wußte ja, daß er dem diktatorischen Befehl, sich von den Pflegeeltern loszureißen, nicht nachkommen konnte und durfte. So blieb er denn in scheuer Entfernung, und er und Bertold waren sich beinahe fremd geworden, als der Zufall sie hier zusammenführte.

Der Professor hatte sich auf einen Stein niedergesetzt, um sich die Sache noch einmal gründlich zu überlegen. Dabei fiel sein Blick auf ein Buch von mäßigem Umfange, das halb versteckt im Moose lag, gerade da, wo Siegbert vorhin gelegen hatte, und jedenfalls diesem gehörte. Bertold bückte sich gleichgültig danach, um es an sich zu nehmen; zu seiner Verwunderung aber entdeckte er, daß auch dies kleine Buch Studien enthielt, obwohl der junge Maler seine Skizzenmappe mit sich genommen hatte, und gleich das erste, was ihm in die Hand fiel, war ein lose eingelegtes Blatt, jene Zeichnung, die Adrian Tuchner darstellte. Der Professor betrachtete sie scharf und prüfend und war offenbar überrascht davon.

»Sieh einmal an!« sagte er halblaut. »Wo hat der Junge diesen prachtvollen Charakterkopf her? Das ist jedenfalls Porträt, aber gar nicht so übel aufgefaßt, da ist Leben und Ausdruck in jeder Linie- daraus könnte etwas werden!«

Er legte die Zeichnung sorgfältig wieder an ihren Platz und schlug das nächste Blatt um.

»Was soll das heißen? Das ist ja Alexandrine von Landeck! Wie kommt Siegbert zu dem Bilde? Sie hat ihm sicher nicht dazu gesessen, sie sagte mir ja selbst, daß er sich fern hält. Er muß das Gesicht rein aus der Erinnerung gezeichnet haben- etwas idealisiert, aber sonst ganz vortrefflich aufgefaßt- ich könnte es nicht besser machen! Dabei hat ihn die Wiesenheimer Muse jedenfalls nicht inspiriert; das ist ganz in dem Stile, wie er früher in meinem Atelier zu zeichnen pflegte; aber schülerhaft ist es nicht mehr!«

Er blätterte mit steigendem Interesse weiter. Diesmal aber stutzte er doch ein wenig.

»Wieder Alexandrine? Ah so, diesmal hat er sie im Profil gezeichnet!- Da ist sie nun zum drittenmal!- Der Junge muß eine ganz merkwürdige Vorliebe für dies Gesicht haben; nun, es ist allerdings schön genug, um einen Maler zu fesseln.- Warum hat er mir denn diese Blätter nicht gezeigt; er muß doch wissen, daß sie sich sehen lassen können!« Das Buch wurde jetzt einer sehr sorgfältigen und gewissenhaften Prüfung unterzogen. Als sich aber auch auf dem vierten, fünften und sechsten Blatte immer wieder dieselbe Gestalt zeigte, in den verschiedensten Auffassungen und Situationen, bald wie ein Märchenbild aus phantastischen Blumengewinden hervorblickend, bald als Bergfee auf Felsen thronend, bald aus den Fluten eines Waldsees emportauchend, aber immer unverkennbar Alexandrine von Landeck in ihrer ganzen fesselnden Schönheit, da begann dem Professor ein Licht aufzugehen.

»Also so steht die Sache!« sagte er langsam. »Das war es, was ihm vorhin im Kopfe steckte, und darum ging ihm auf einmal die Schönheit der Bergnatur so überwältigend auf. Ich scheine da sein geheimes Archiv entdeckt zu haben, das er den bürgermeisterlichen Augen verborgen hält. Die Entdeckung wollen wir uns doch zunutze machen!«

Er steckte das Buch zu sich und knöpfte den Rock zu. Kaum hatte er es in Sicherheit gebracht, als Siegbert zurückkehrte, sehr eilig, sehr aufgeregt und mit ganz erhitztem Gesicht.

»Sie verzeihen, Herr Professor- ich habe etwas im Walde verloren, wahrscheinlich ist es hier zurückgeblieben. Sie haben doch nichts gefunden?«

»Nicht das Geringste«, log der Professor in großer Gemütsruhe. »Was hast du denn verloren?«

»Oh, nichts von Bedeutung, ein kleines Buch, das ich gewöhnlich bei mir trage. Es enthielt nur wertlose Skizzen.«

»So?« meinte Bertold und sah mit heimlicher Schadenfreude zu, wie der junge Maler in steigender Unruhe die ganze Umgebung nach den »wertlosen Skizzen« durchsuchte.

»Du wirst es auf dem Wege verloren haben«, sagte er endlich, »Ich werde dir suchen helfen; wir müssen ohnehin nach dem Hotel zurück.« Damit ergriff er den Arm seines Schülers und schleppte ihn mit sich fort, ganz ungerührt von der sichtbaren Pein und Verlegenheit des jungen Mannes, der keine Ahnung davon hatte, daß sein so angstvoll gesuchtes »geheimes Archiv« gemütlich neben ihm herwanderte. Der Professor machte sich leider gar kein Gewissen daraus, es zu unterschlagen.

KAPITEL 6

Es war am Nachmittag desselben Tages. In dem kleinen Bergorte, der in unmittelbarer Nähe des Fremdenhotels lag, fand heute das alljährliche Festschießen statt, zu dem die Bevölkerung der ganzen Umgegend herbeiströmte. Aber auch viele der Fremden waren erschienen, denen das Volksfest eine willkommene Abwechselung und Unterhaltung versprach. Der festlich geschmückte Ort bot in der Tat ein lebendiges und farbenreiches Bild. Die Menge der Landleute in ihren verschiedenen Trachten, das fortwährende Auf- und Abwogen, das jeden Augenblick neue, oft charakteristische Gestalten zeigte, das ganze laute und bunte Leben eines solchen Festes waren ebenso neu als anziehend für die Städter. Jetzt, gegen Abend, war das eigentliche Schießen zu Ende. Das Knallen und Jubeln auf dem Schießplatze verstummte, und dieser leerte sich mehr und mehr. Desto lebhafter ging es im Orte selbst zu, wo alles sich zusammendrängte, und wo Einheimische und Fremde, Städter und Landleute durcheinanderwogten.

Mitten durch das fröhliche Getümmel zog der Herr Bürgermeister Eggert mit seiner gesamten Familie. Als erster Würdenträger von Wiesenheim war er es gewohnt, sich bei den heimischen Festen leutselig zum Volke herabzulassen, und fühlte sich verpflichtet, das auch hier in der Fremde zu tun. Leider aber verunglückte er hier gänzlich mit seinen Leutseligkeitsversuchen, denn einerseits verstand er den Dialekt der Bergbewohner nicht, andrerseits konnten diese sich in seine Anschauungs- und Ausdrucksweise durchaus nicht finden. Trotzdem forderte er seinen Pflegesohn fortwährend auf, »Studien« zu machen, wobei er jedoch nicht ermangelte, ihm dieselben bis in das Detail hinein vorzuschreiben.

»Sieh' dir diese Erscheinung an, Siegbert,« sagte er, auf ein hübsches, etwas derbes Bauernmädchen weisend, »die Studie solltest du dir nicht entgehen lassen. Dies Mädchen als Hirtin hoch oben auf einer einsamen Alm, mit schwermutsvoller Sehnsucht in die Ferne blickend- im Hintergrunde eine Sennhütte mit lieblich weidenden Kühen und einigen Lämmern- dazu Abendrot, Alpenglühen und abziehendes Gewitter- das müßte ein Bild werden: ein Bild, mit dem du auf der nächsten Ausstellung alle übrigen schlügst?«

»Aber, Papa, die Hirtinnen pflegen gewöhnlich nicht mit schwermutsvoller Sehnsucht in die Ferne zu blicken,« warf Siegbert ein, »und diese wird es nun vollends nicht tun. Das Gesicht des Mädchens ist, wenn auch hübsch, doch gänzlich unbedeutend und nichtssagend.«

»So idealisiere es!« rief Eggert, beleidigt durch den Widerspruch. »Ein Künstler kann das, muß das können. Er muß es verstehen, die rohe Wirklichkeit zu veredeln und zum Ideale zu erheben. Aber du scheinst mir sehr wenig Lust dazu zu haben! Ich will nicht hoffen, daß du im Ernste beabsichtigst, statt einer unschuldsvollen Hirtin das Banditengesicht dieses Adrian Tuchner für eines deiner Bilder zu benutzen, sonst würde ich-«

Er hielt erschrocken inne und prallte drei Schritte zurück, denn er sah urplötzlich das »Banditengesicht« unmittelbar vor sich. Es war Adrian selbst, der vor ihm stand und scharf fragte:

»Was soll's, Herr Bürgermeister?«

»Oh nichts,« beeilte sich dieser zu versichern, »durchaus nichts, lieber Tuchner! Ich rief Sie nicht.«

»Ich hörte nur meinen Namen,« sagte Adrian, »und da wollte ich mich doch melden. Wenn Sie etwas von mir wollen,- da bin ich!« Seine Augen, die halb verächtlich und halb drohend auf dem kleinen Mann ruhten, verrieten, daß er die Äußerung gehört hatte. Das schien auch dem Bürgermeister klar zu werden, denn er retirierte schleunigst hinter Siegbert, den er als Schutzwehr gegen etwaige Angriffe des Gefürchteten betrachtete. Das erwartete Attentat unterblieb aber für diesmal, denn gerade jetzt erschienen die Musikanten, von einer jubelnden Kinderschar begleitet, und ihnen folgte die ganze Menge der Tanzlustigen. Während sie sich ihren Weg durch die Menge bahnten, gab es ein allgemeines Drängen und Stoßen, und dabei wurde Siegbert von den Seinigen getrennt. Als der Zug vorüber war, war auch der Herr Bürgermeister mit Frau und Tochter verschwunden, wahrscheinlich hatten sie sich dem Strome angeschlossen, der nach dem Wirtshause zog.

Siegbert gab sich nun allerdings keine besondere Mühe, die Verlorenen wieder aufzufinden. Er atmete unwillkürlich auf, als er sich allein sah, und wandte sich zu Adrian, der an seiner Seite geblieben war und jetzt forschend sagte:

»Sie müssen es wohl büßen bei dem Herrn Vater, daß Sie mich gezeichnet haben? Wenn ich Ihnen zur Last bin, so sagen Sie es nur frei heraus, Herr Siegbert. Ich gehe schon!«

»Nein«, entgegnete der junge Mann rasch, denn er fühlte die Bitterkeit in diesen Worten. »Ich freue mich, Sie zu treffen, ich wollte Ihnen ohnehin meinen Glückwunsch sagen. Wir hörten es schon vorhin, daß Sie den Preis bei dem heutigen Schießen davongetragen haben und der unbestrittene Sieger geblieben sind.«

Adrian warf mit der ihm eignen trotzigen Bewegung den Kopf zurück.

»Ja, ich denke, ich habe es den anderen gezeigt, daß der Tuchner sie allesamt meistert, wenn es aufs Treffen ankommt!«

Es sprach wohl Genugtuung aus diesen Worten, aber doch nichts von dem freudigen Stolze des jungen Schützen, der im Wettkampfe mit so vielen anderen Sieger geblieben ist. Auch Adrians Gesicht war nicht heller als sonst, es ruhte der alte, finstere Ausdruck darauf, und es waren auch keine Freunde und Genossen bei ihm, die ihm den Sieg mitfeiern halfen.

Die anderen Schützen zogen jetzt in einzelnen Gruppen nach dem Wirtshause, um dort den Tag fröhlich zu beschließen. Tuchner hatte sich abgesondert, er schien ganz allein zu sein.

Er stand mit dem jungen Maler mitten unter der Menge, die sich gerade hier vor einer Schaubude zusammendrängte, aber schon nach wenigen Minuten war der Raum um die beiden weiter geworden. Die Zunächststehenden traten zufällig oder absichtlich zurück. Man machte ihnen offenbar Platz. Siegbert nahm das als eine Höflichkeit, die man ihm in seiner Eigenschaft als Fremder zuteil werden ließ, und machte eine scherzhafte Bemerkung darüber.

Adrian erwiderte keine Silbe, aber er schoß einen seltsamen Blick auf die höflichen Leute.

Sie gingen langsam weiter und gelangten auf den Kirchplatz, der jetzt den Mittelpunkt des ganzen festlichen Treibens bildete. Aus den Fenstern des Wirtshauses, das der Kirche gegenüber lag, erklangen schon die Tanzweisen, und auf dem Platze selbst saß und stand alles in bunten Gruppen durcheinander. Man begrüßte die Bekannten, man schwatzte und trank miteinander, überall gab es Händeschütteln, Zurufe und Gelächter, und die Abendsonne schien golden herab auf all dies laute und lustige Leben.

Auch Siegbert wurde davon so angezogen, daß er es anfangs gar nicht bemerkte, daß sein Begleiter fast ebenso fremd und einsam durch das Gewühl ging, wie er selbst. Adrian war doch allen bekannt, er hatte die Ehren des heutigen Tages davongetragen, aber niemand schien sich dessen zu erinnern. Er wechselte wohl hin und wieder mit einigen einen Gruß und ein paar Worte, man gab ihm auch Rede und Antwort, aber keine Hand streckte sich ihm entgegen, kein Zuruf begrüßte ihn, niemand lud ihn zum Niedersetzen ein. Dagegen wiederholte sich jenes seltsame Ausweichen und Zurücktreten fast in jeder Gruppe, der sie sich näherten, wiederholte sich mit solcher Regelmäßigkeit, daß man es unmöglich mehr für einen bloßen Zufall ansehen konnte.

Adrian schien das freilich nicht zu bemerken oder sich wenigstens nicht darum zu kümmern. Seine Haltung war herausfordernder als je, und er blickte mit unverhohlener Verachtung auf die Menge. Dabei war er offenbar stolz darauf, so vertraulich neben dem fremden Herrn hergehen zu dürfen, dem er nicht von der Seite wich. Er hatte mit vollem Eifer die Führerrolle übernommen und sprach, ganz gegen seine sonstige Gewohnheit, viel und lebhaft; aber es waren nur bittere, höhnische Bemerkungen, die von seinen Lippen fielen.

»Sie scheinen ja hier mit aller Welt im Kriege zu leben,« sagte Siegbert. »Was hat man denn gegen Sie? Haben Sie die Leute beleidigt oder gönnt man Ihnen den heutigen Sieg nicht?«

»Kann schon sein!« entgegnete Adrian kalt. »Ich habe nicht viel Freunde unter meinesgleichen. Ich habe nie viel nach ihnen gefragt, jetzt fragen sie auch nichts nach mir, und das ist am Ende das Beste.«

»Aber, Adrian–« begann der junge Maler in vorwurfsvollem Tone, doch in diesem Augenblicke ertönte eine bekannte Stimme: »Siegbert! Da ist er ja!« und gleich darauf tauchte Professor Bertold auf und bemächtigte sich seines Schülers.

KAPITEL 7

»Wo hast du denn gesteckt? Soeben zog ganz Wiesenheim hier vorüber, in voller Verzweiflung darüber, daß ihm der teure Sohn und Familiensklave abhanden gekommen sei. Aber der Herr Bürgermeister ist ein höflicher Mann, das muß man ihm lassen. Ich habe heute morgen meinen ganzen, Gott sei Dank, ziemlich reichlichen Vorrat von Grobheit über ihn ergossen und war nun seiner bittersten Feindschaft gewärtig. Statt dessen grüßt er mich ganz freundschaftlich und fragt, ob ich dich nicht gesehen habe.«

»Sie suchen mich?« fragte Siegbert unruhig. »Da will ich doch lieber-«

»Nichts da, du bleibst!« fiel der Professor ein, ihn am Arme festhaltend. »Es kann gar nicht schaden, wenn du dir so nach und nach das Durchgehen angewöhnst, denn mit einem Male bringst du es doch nicht fertig. Aber, wen hast du denn da bei dir? Das ist ja-« er unterdrückte zum Glück noch die Fortsetzung, mit der er die Kenntnis jener Zeichnung und die Unterschlagung des Skizzenbuches verraten hätte.

Siegbert nannte den Namen seines Begleiters, und der Blick des Professors hing mit unverkennbarem Interesse an dem jungen Gebirgssohne, der in seiner kraftvollen Eigenart ganz dazu geschaffen war, ein Künstlerauge auf sich zu ziehen. Adrian war nicht unempfindlich gegen dieses so deutlich kundgegebene Interesse. Er gab freundlicher, als es sonst seine Art war, Antwort auf die Fragen und Bemerkungen des Professors und schloß sich den beiden Herren an, die sich jetzt nach dem Wirtshause wandten.

»Gut, daß ich dich treffe,« sagte Bertold, der seinen Schüler unausgesetzt festhielt, als wolle er einen etwaigen Fluchtversuch hindern. »Ich habe für übermorgen mit Sir Conway einen Ausflug auf die Egidienwand verabredet, wenn das Wetter günstig ist. Du gehst natürlich mit.«

Der junge Maler schien dies durchaus nicht so natürlich zu finden, der Name Sir Conways verdarb ihm das Vergnügen an der beabsichtigten Partie. Er wollte eine Einwendung erheben, aber der Professor schnitt ihm ohne weiteres das Wort ab.

»Du gehst mit, sage ich dir! Die Partie soll sehr lohnend sein, und wie ich höre, kann unsere Dame ohne alle Schwierigkeit bis zu der Alm reiten.«

Siegbert hob mit einer jähen Bewegung den Kopf, und seine Augen richteten sich in höchster Spannung auf das Gesicht des Sprechenden.

»Eine Dame?«

»Alexandrine von Landeck- du kennst sie ja wohl?« warf der Professor mit gleichgültiger Miene hin.

»Jawohl- ich kenne sie!« sagte Siegbert leise.

»Sie begleitet uns allerdings nur bis zu der Alm, wo die Aussicht schon umfassend genug sein soll, und bleibt dort zurück. Der Weg auf die eigentliche Wand ist allzu schwierig und nur für geübte Bergsteiger gangbar. Der Präsident will nicht zugeben, daß seine Tochter sich einer möglichen Gefahr aussetzt.«

Es vergingen einige Sekunden, dann sagte Siegbert, anscheinend ruhig, aber doch mit einem leisen Beben in der Stimme:

»Ich bedaure, Herr Professor, Ihre freundliche Einladung ablehnen zu müssen. Ich bin kein Bergsteiger und würde Ihnen auf der Tour nur hinderlich sein.«

Bertold nahm nicht die mindeste Notiz von dieser Weigerung. »Du hörst es ja, daß ein ganz bequemer Reitweg bis zu der Alm führt. Auf die Wand werden wir dich allerdings nicht mitnehmen, das ist nichts fhr dich. Du kannst inzwischen Fräulein von Landeck Gesellschaft leisten. Ihr könnt da oben gemeinschaftlich eure Skizzenbücher bereichern.«

»Es ist mir aber wirklich nicht möglich;« in dem Tone des jungen Mannes lag ein beinahe angstvolles Abwehren. »Ich habe für morgen bereits eine Verabredung mit meinem Pflegevater getroffen, ich-«

»Du gehst mit, mein Junge!« sagte der Professor mit einer Art von gemütlicher Tyrannei, »und der Herr Bürgermeister bleibt unten. Gib dir keine Mühe weiter mit deinen Einwendungen, sie helfen dir nichts. Übermorgen früh, Punkt fünf Uhr, bist du zur Stelle, und wenn du dir etwa einfallen lassen solltest, zu fehlen, so breche ich in dein Zimmer und hole dich mit Gewalt heraus. Merke dir das!«

In dem Gesichte des jungen Mannes malte sich eine peinliche Empfindung. Er kannte seinen ehemaligen Lehrer hinreichend und wußte, daß dieser imstande war, seine Drohung wahr zu machen. Anderseits tat ihm die so lange entbehrte alte Vertraulichkeit viel zu wohl, als daß er sie durch eine bestimmte Weigerung hätte verscherzen mögen. Er schwieg also vorläufig, zur großen Befriedigung des Professors, der das für unbedingte Fügsamkeit nahm.

KAPITEL 8

Vor der Türe des Wirtshauses stand Sir Conway und blickte sehr kalt und vornehm auf das frohe, aber etwas lärmende Treiben ringsum. Er hatte bei seinem Erscheinen hier überhaupt nur dem Wunsche des Professors nachgegeben, in dessen Begleitung er sich befand, teilte aber durchaus nicht dessen Geschmack, sich stundenlang unter den Bauern zu bewegen. Wo der Künstler sich mit vollem Interesse und heiterer Unbefangenheit den Eindrücken des Festes hingab, sah sein Gefährte nur eine lärmende, untergeordnete und gänzlich uninteressante Menge, die sehr wenig Rücksicht auf die Anwesenheit vornehmer Gäste nahm und diese gelegentlich ebenso drängte und schob wie jeden anderen.

Für den Augenblick jedoch hatte sich Sir Conway zu einem Gespräche herabgelassen. Der Wirt des Gasthauses, dem der vornehme Engländer wohl bekannt war, stand mit abgezogener Mütze vor ihm und gab diensteifrig irgendeine Auskunft. Der Gegenstand schien aber auch für Landleute von Interesse zu sein, denn die Nächststehenden hatten einen Kreis um die beiden geschlossen und hörten mit allen Zeichen von Aufmerksamkeit und Neugier zu.

»Es geht nicht, Mylord!« sagte der Wirt, für den jeder reisende Engländer mindestens ein Lord war, in bedauerndem Tone. »Das bringt keiner fertig. Ich habe überall herumgefragt, wie Sie es mir auftrugen, aber da hinauf wagt sich niemand.«

Sir Conway schien diese Auskunft nicht erwartet zu haben, er sah sehr unmutig aus, als der Professor mit Siegbert in den Kreis trat und in heiterem Tone sagte:

»Entschuldigen Sie, daß ich Ihnen so ohne weiteres davonlief, aber ich entdeckte in der Menge diesen meinen ehemaligen Schüler, dessen ich mich schleunigst versichern wollte. Herr Siegbert Holm und- ah, die Herren kennen sich bereits, wie ich sehe!«

Die Herren kannten sich allerdings, aber sie grüßten sich sehr kalt und gemessen. Sir Conway hatte augenscheinlich die Verweigerung der Skizze nicht vergessen, und Siegbert hielt an seiner Antipathie gegen den Engländer fest. Dieser nahm übrigens kaum Notiz von ihm, sondern wandte sich nach einer kurzen Bemerkung gegen den Professor wieder zu dem Wirte.

»Haben Sie den Leuten die Summe genannt, die ich bereit bin zu zahlen, wenn das Tier mir lebend gebracht wird?«

»Das tat ich, Mylord, aber wie ich schon sagte, es findet sich keiner dazu.«

»Wovon ist denn die Rede?« fragte Professor Bertold, der jetzt auf die Verhandlung aufmerksam wurde.

Sir Conway zuckte halb verächtlich die Achseln. »Es handelt sich darum, das Adlernest an der Egidienwand auszunehmen. Ich habe einen hohen Preis dafür geboten, trotzdem will niemand das Wagestück unternehmen.«

»Das wundert mich!« meinte der Professor. »Die Leute wagen doch oft genug ihr Leben auf der Jagd oder beim Holzfällen um einer Kleinigkeit willen, und hier verdienen sie in einem Tage so viel, wie sonst mit jahrelanger Arbeit.«

»Verdienen möchte es schon ein jeder,« sagte der Wirt bedächtig, »aber es bringt's eben keiner zustande. Dem Ding ist nicht beizukommen. Da steht der Wendlin, der seit vierzig Jahren in den Bergen zu Hause ist und jeden Schritt auf der Egidienwand kennt! Der soll's Ihnen sagen, ob der Adler zu nehmen ist.«

Der genannte, ein alter, aber noch rüstiger Mann mit einem verwitterten Gesicht und grauen Haaren, trat jetzt aus der Reihe der Umstehenden hervor.

»Nein, Herr, der ist nicht zu nehmen,« sagte er entschieden. »An der Stelle nicht, sonst war's schon längst geschehen! Das Nest ist gerade mitten an der Wand, an den nackten Schroffen. Von unten kann man nicht heran, da ist die Egidienschlucht mit dem Wildwasser, und da geht's senkrecht in die Höhe. Von oben geht's auch nicht, in dem Gestein ist Kluft an Kluft. Ich möchte den sehen, der sich da hinunterwagte und der wieder aufwärts käme, ohne den Hals gebrochen zu haben.«

»Der Beschreibung nach scheint das allerdings eine Art von Heldenstück zu sein,« äußerte der Professor zu Siegbert gewandt. »Ich möchte es nicht probieren, aber das wäre vielleicht etwas für deinen Freunds Adrian Tuchner. Der Bursche sieht mir gerade aus, als wäre er imstande, selbst das Unmögliche zu erzwingen. Wenn irgendeiner, so bringt es der zustande. Wir sollten ihm die Sache einmal vorschlagen.«

Er hatte den Vorschlag nur im Scherz hingeworfen, er wurde aber ernst genommen. Es war, als sei mit dem Namen irgend etwas Unheilvolles ausgesprochen, denn es ging eine eigentümliche Bewegung durch den Kreis, und das Gesicht des alten Wendlin verfinsterte sich auffallend.

»Adrian Tuchner?« wiederholte er; »den lassen Sie nur aus dem Spiel, Herr! Der geht sicher nicht auf die Egidienwand, und wenn Sie ihm beide Hände voll Gold bieten!«

»Warum nicht?« fragte urplötzlich Adrian.

Aller Augen wandten sich auf ihn; er stand nur wenige Schritte entfernt, wo er offenbar die ganze Verhandlung mit angehört hatte, und trat jetzt langsam mitten in den Kreis, der sich augenblicklich um das Dreifache vergrößerte. Auch die Fernstehenden drängten heran, die Sache schien ein ganz anderes, erhöhtes Interesse zu gewinnen, sobald Tuchner sich daran beteiligte.

»Warum soll ich nicht auf die Egidienwand gehen?« fragte er noch einmal; die Stimme klang anscheinend ruhig, aber die Wetterwolke auf seiner Stirn und das drohende Aufblitzen seiner Augen verhießen nichts Gutes.

Es folgte ein allgemeines Stillschweigen, niemand schien Lust zu der Antwort zu haben, sogar der Wirt trat etwas zaghaft zur Seite, nur der alte Wendlin hielt unerschrocken stand.

»Nun, ich denk' es mir so,« entgegnete er. »Du bist ja seit zwei Jahren nicht droben gewesen und gehst wohl auch nimmer hinauf.«

»Hat mir einer vorzuschreiben, wo ich hingehen soll?« sagte Adrian in dumpfem, gepreßtem Tone. »Ich dächte, das wär' meine Sache!«

»Ich schreib' dir nichts vor,« versetzte dieser gelassen. »Aber recht habe ich doch. Probier' es doch und tu', was der fremde Herr verlangt! Du bringst es vielleicht allein zustande von uns allen, hast ja schon öfter solche Stückchen ausgeführt. Aber diesmal wirst du es wohl bleiben lassen,- du weißt selbst am besten, warum.«

»Wendlin, jetzt ist's genug!« fuhr Adrian wütend auf. »Wahre deine Zunge, sag' ich dir. Du schweigst jetzt oder-« er vollendete nicht, aber der Ausdruck seines Gesichtes war so unheilverkündend, daß der Alte zurückwich.

Jetzt aber gab sich unter den Umstehenden ein drohendes Murren kund, einzelne Worte und Rufe wurden laut, die stumme, scheue Zurückhaltung, die man bisher gezeigt, schien in offene Feindseligkeit ausbrechen zu wollen, aber gerade das brachte Adrian auf das Äußerste.

»Ich habe genug, sag' ich euch noch einmal!« rief er, wild mit dem Fuße stampfend. »Ich habe das ewige Gered' und Gehöhne satt. Wer was von mir will, der sag' es mir gerade ins Gesicht. Hier steh' ich und werde ihm Antwort geben- aber er mag sich wahren!«

Er stand da, als sei er bereit, mit aller Welt den Kampf aufzunehmen, die mächtige Gestalt zu ihrer vollen Höhe aufgerichtet, den Arm drohend erhoben, und seine Augen schweiften flammend umher, als wollten sie sich den Gegner suchen. Es lag bei alledem etwas Überwältigendes in diesem Trotze, mit dem ein einzelner der ganzen um ihn versammelten Menge die Spitze bot, und das verfehlte auch nicht seinen Eindruck. Niemand wagte es, die Herausforderung anzunehmen, das Murren verstummte, während die drei Fremden in höchster Betroffenheit auf die Szene blickten, die sie sich nicht erklären konnten.

»Was bedeutet denn dies alles, Adrian?« fragte Siegbert endlich, indem er an ihn herantrat. »Was wollen die Leute mit all diesen Winken und Andeutungen sagen? Geben Sie uns Auskunft darüber.«

Adrian ließ den erhobenen Arm sinken. Er streifte mit einem langen Blick das Antlitz des jungen Mannes, der angstvoll fragend zu ihm aufsah, und seine Stimme milderte sich unwillkürlich, als er erwiderte:

»Sie werden es schon hören, Herr Siegbert, man wird es Ihnen schon zutragen, sobald ich den Rücken wende. Meinetwegen! Kommen muß es ja doch einmal. Aber hier vor meinen Ohren soll's keiner sagen, oder ich mache ihn stumm!«

Er wandte sich zum Gehen, wurde aber von Sir Conway zurückgehalten. Dieser hatte zwar gleichfalls mit Befremden zugehört, aber ihm fehlte jedes Interesse für diese Streitigkeiten der Bauern und Jäger; er nahm sich nicht die Mühe darüber nachzudenken dagegen war es ihm klar geworden, daß gerade in diesem Streit das beste Mittel zur Erfüllung seines Lieblingswunsches lag, an dem er mit echt englischer Hartnäckigkeit festhielt, und daß dieser Tuchner der geeignete Mann dazu war.

»Bleiben Sie noch einen Augenblick,« sagte er so ruhig, als habe die erregte Szene gar nicht stattgefunden. »Man scheint Ihnen hier das Wagestück nicht zuzutrauen. Ich traue es Ihnen zu. Wollen Sie mir den Adler herunterholen von der Egidienwand?«

»Ich?« fragte Adrian, wie mit einem unwillkürlichen Zurückzucken.

»Gewiß! Ich verdopple mein Gebot, wenn Sie mir das Tier lebend herbeischaffen.«

Es vergingen einige Sekunden, ohne daß Adrian antwortete. Er stand regungslos da, das Auge an den Boden geleftet. Sein tiefgebräuntes Gesicht hatte eine eigentümlich fahle Farbe angenommen, aber keine Muskel zuckte darin, es blieb eisern und unbeweglich; trotzdem kam kein Laut über seine Lippen.

»Also Sie wagen es auch nicht!« sagte Sir Conway spöttisch.

Jetzt sah Adrian auf, und ein finsterer Blick traf den Sprechenden. Dann gingen seine Augen langsam in dem ganzen Kreise umher. Er sah, daß alles mit atemloser Spannung an seinem Munde hing, daß ein jeder seine Weigerung erwartete, und, sich plötzlich aufrichtend, sagte er kalt und fest: »Ich will's tun!«

Wieder ging es wie eine Bewegung durch die Reihen der Umstehenden, aber diesmal war es offenbar Überraschung. Niemand schien diesen Entschluß erwartet zu haben. Der Engländer dagegen nickte sehr befriedigt.

»Das freut mich. Wann wollen Sie die Sache unternehmen?«

»Das weiß ich noch nicht. Ich muß erst versuchen, wie dem Nest beizukommen ist. Sie müssen noch ein paar Tage Geduld haben.«

«Ich lasse Ihnen Zeit, solange Sie wollen. Es bleibt also dabei. Bringen Sie mir den Adler, und ich zahle jeden Preis, den Sie fordern.«

»Davon sprechen wir hernach,« erklärte Adrian kurz und schroff und kehrte sich dann mit einer raschen Bewegung zu dem alten Wendlin.

»Wie ist's, willst du mit mir gehen?« fragte er in dem gleichen Tone, aber diesmal mischte sich ein leiser Hohn in seine Worte. »Den Gang nach dem Neste tu' ich allein, aber ich brauche ein paar andere, die mit Seil und Stangen zur Hand sind; du wärst mir gerade recht dazu!«

Der Alte schüttelte den grauen Kopf. »Laß das bleiben, Adrian,« warnte er. »Geh' nicht da hinauf, es kommt nichts Gutes heraus dabei.«

»Willst du mit mir gehen oder nicht?« unterbrach ihn der andere mit vollster Heftigkeit.

Wendlin sah ihn fest an. »Wenn du es durchaus willst! Es soll nicht heißen, daß ich dich zu der Sache angestiftet habe und dann im Stiche gelassen- ich gehe mit.«

»Gut, das weitere reden wir noch ab.-«

»Verlassen Sie sich darauf, Herr, ich bringe Ihnen den Adler!«

Damit wandte Adrian dem Engländer und allen übrigen den Rücken und ging ohne Gruß von dannen.

KAPITEL 9

»Nun möchte ich aber doch wirklich wissen, was eigentlich an der Geschichte ist!« brach jetzt Professor Bertold aus. »Da liegt irgend etwas Besonderes zugrunde. Heraus damit, ihr Leute! Was ist das mit dem Tuchner und mit der Egidienwand?«

Die Leute schienen nicht recht zu wissen, ob sie reden oder schweigen sollten, sie sahen einander an, flüsterten und steckten die Köpfe zusammen, endlich sagte Wendlin zögernd: »Es ist nur- man spricht nur so-«

»Was spricht man?«

»Es ist eine schlimme Geschichte, die vor zwei Jahren passiert ist,« nahm der Wirt jetzt das Wort. »Die Herren haben wohl das Kreuz auf der Egidienwand gesehen?«

»Allerdings! Es soll jemand dort herabgestürzt sein, wie man uns sagte.«

»Gestürzt- ja wohl, das hat seine Richtigkeit.«

»Ein Wilddieb soll es gewesen sein,« fiel Siegbert ein. »So wenigstens habe ich von Adrian Tuchner gehört.«

»So?« sagte Wendlin mit einem ganz eigentümlichen Tone. »Der Adrian hat es Ihnen gesagt? Nun, der muß freilich wissen, wie es zugegangen ist.«

»So laßt doch endlich die Geheimniskrämerei!« fuhr der Professor dazwischen. »Gerade heraus- es ist da irgend etwas Schlimmes geschehen, und man mißt dem Tuchner die Schuld bei?«

Der Alte zuckte die Achseln. »Man kann den Leuten doch nicht verbieten zu glauben, was sie wollen, und sie glauben's nun einmal. Dabei gestanden hat freilich niemand, aber der Leonhard ist sein Lebtag kein Wilddieb gewesen, der hat auf der Alm da oben was ganz anderes gesucht als das Wild. Er war dem Adrian schon längst ins Gehege gekommen, und sie waren schon ein paarmal scharf zusammengeraten des Mädchens wegen. Adrian hatte ihm den Tod geschworen, wenn er ihn einmal da träfe, wo er bisher Herr und Meister gewesen war und es von Rechts wegen auch hätte bleiben sollen. Zuletzt wird es wohl so gekommen sein- genug, als der Leonhard eines Tages in der Egidienschlucht gefunden wurde, gerade unter dem Wege, der nach der Alm führt, da dachte sich jeder sein Teil. Es ist ja möglich, daß ein bloßes Unglück-«

»Es ist ein Unglück gewesen!« unterbrach ihn Siegbert mit aufflammender Heftigkeit. »Wie kann man auf eine bloße Möglichkeit, auf einen bloßen Verdacht hin eine so furchtbare Anklage aussprechen? Ich glaube nun und nimmermehr daran!«

»Nun, nun, du bist ja auf einmal Feuer und Flamme!« sagte Bertold, verwundert über diese leidenschaftliche Parteinahme des sonst so schüchternen jungen Mannes. »Ich muß gestehen, vertrauenerweckend sieht dieser Tuchner gerade nicht aus. Ich möchte nicht Auge in Auge mit ihm am Abgrunde stehen, wenn er zufällig mein Feind wäre. Aber man wird die Sache doch untersucht haben, wenn die allgemeine Stimme nun einmal einen solchen Argwohn aussprach.«

»Untersucht hat man schon,« meinte Wendlin, »aber es ist nichts dabei herausgekommen. Der Adrian mußte freilich vor Gericht, und da sind sie ihm scharf zu Leibe gegangen mit Kreuz- und Querfragen. Aber er blieb dabei, daß er in der Nacht die Egidienwand mit keinem Fuße betreten hätte. Gesehen hatte ihn keiner, da mußten sie ihn wohl wieder loslassen. Aber seitdem traut ihm keiner mehr, und wenn er sich auch noch so hochfahrend anstellt, er fühlt's doch, was ihm die Geschichte gekostet hat bei uns allen.«

Er trat in den Kreis der Umstehenden zurück, als wolle er ferneren Fragen ausweichen, der Professor bezeigte aber keine Lust dazu.

»Ich habe Ihnen die Sache eigentlich nur im Scherze vorgeschlagen,« sagte er halblaut zu Conway, »sie scheint aber ziemlich ernsthaft zu sein. Wer konnte denn auch ahnen, daß so etwas dahintersteckt! Ich glaube, Sie täten am besten, Ihr Versprechen zurückzunehmen und das dem Tuchner mitzuteilen. Wie sein Wagestück auch ausfallen mag, es gibt nur unnützes Gerede und unnütze Aufregung darüber unter den Leuten, und wenn er es wirklich versucht, so geht die Gefahr dabei so auf Leben und Tod, daß Sie es wirklich nicht verantworten können, ihn da hinaufzuschicken.«

»Ich schicke niemand,« erwiderte Sir Conway in kühlem Tone. »Ich habe einfach einen Preis geboten; wer ihn verdienen will, mag sich darum bemühen. Wenn die Sache sich als unmöglich erweist, so wird der Mann schon selbst davon abstehen, unternimmt er sie aber, so ist es seine Sache, sich mit der Gefahr abzufinden, die er ja hinreichend kennt.«

Er war offenbar nicht geneigt, auf seinen Lieblingswunsch zu verzichten, und schien die Gefahr für ein anderes Leben sehr gering anzuschlagen. Der Professor murmelte etwas von verwünschtem Egoismus und verdammter englischer Hartnäckigkeit, was zum Glück nicht gehört wurde, denn Sir Conway hatte sich zu dem Wirte gewandt und beauftragte diesen, ihn über Tag und Stunde des Unternehmens genau zu unterrichten, dann wandte er sich ebenso gleichmütig wieder zu Professor Bertold und schlug ihm vor, aufzubrechen.

»Ja, wir wollen gehen,« sagte der Professor unmutig. »Da denkt man ein harmloses Volksfest mitzumachen und bekommt solche Mordgeschichten zu hören, die einem die ganze Stimmung verderben. Komm, Siegbert! Aber wo ist er denn geblieben? Siegbert!«

Siegbert war nicht mehr da; alles Fragen und Rufen nach ihm blieb vergeblich, zum großen Ärger des Professors, der sich nun entschließen mußte, den Rückweg mit Sir Conway allein anzutreten.

»Der Junge gewöhnt sich wahrhaftig das Durchgehen an!« brummte er vor sich hin. »Jetzt spielt er mir denselben Streich, wie vorhin seinem Pflegevater; es war gar nicht nötig, daß ich ihn deswegen lobte. Aber er fängt doch jetzt wenigstens an, einen eignen Willen zu haben. Was war das für ein leidenschaftliches Aufflammen, mit dem er vorhin die Partei des Menschen nahm, den alle Welt anklagte und angriff! Wir wollen doch einmal sehen, ob wir ihn nicht zur offenen Rebellion gegen Wiesenheim anstiften können!«

Siegbert war in der Tat gegangen, ohne daran zu denken, daß man sein Verschwinden übelnehmen könnte. Es drängte ihn, den seiner Überzeugung nach so schwer verleumdeten Adrian aufzusuchen. Er war ihm gefolgt, holte ihn aber erst am Ausgang des Ortes ein.

Hier war es still und einsam, das lärmende Treiben vom Kirchplatz her drang nur gedämpft, wie aus weiter Ferne, herüber, und hier, wo die Häuser den Blick nicht mehr beschränkten, tat sich auch die ganze Berglandschaft auf, von dem roten Lichte des Sonnenunterganges überflutet.

Adrian stand auf der Brücke, die an dieser Stelle über die Ache führte; an die hölzerne Brüstung gelehnt, blickte er unbeweglich hinab in das wildschäumende Wasser. Er wandte sich nicht nach dem Kommenden um, hörte vielleicht nicht einmal dessen Schritte; erst als Siegbert die Hand auf seine Schulter legte, fuhr er auf, und mitten durch die Düsterheit seiner Züge brach es wie ein heller Freudenstrahl.

»Sie sind es, Herr Siegbert?« sagte er, ihn starr ansehend. »Sie kommen zu mir- auch jetzt noch- ich hätte es nicht geglaubt.«

»Weshalb nicht?« fragte Siegbert warm und herzlich. »Ich glaube nicht an Verleumdungen. Ich komme nur, um Sie zu warnen, Adrian. Ich wollte Sie bitten, von dem unsinnigen Wagnis abzustehen. Geben Sie es auf.«

»Nein,« erklärte Adrian mit Entschiedenheit. »Das kann ich nicht, auch wenn ich's wollte. Ich habe mein Wort gegeben, Sie hörten es, Sie standen ja dabei.«

»Wem haben Sie es gegeben? Dem Engländer, diesem herzlosen Egoisten, der sich nicht bedenkt, Ihr Leben auf das Spiel zu setzen, um eine seiner Launen zu befriedigen. Mit seinem Gelds will er Ihnen die Todesgefahr gut bezahlen. Es mag ja sein, daß er Ihnen den jungen Adler mit Gold aufwiegt, aber ein Menschenleben steht doch noch höher im Preise.«

Um Adrians Lippen zuckte ein Ausdruck bitterer Verachtung bei den letzten Worten. »Was Preis! Um das Geld ist's mir nicht zu tun, das mag er behalten. Ich tu' es, um den anderen allen zu zeigen, daß ich die Egidienwand nicht scheue, wie sie meinen. *Denen* hab' ich das Wort gegeben- und denen werd' ich's halten, werde daraus, was da wolle. Ich will endlich Ruhe haben vor ihnen.«

»Die werden Sie schwerlich haben,« sagte Siegbert leise. »Wenn Sie das Wagstück ausführen, so bewundert man Sie vielleicht deswegen, wie heute, wo sie bei dem Schießen den Preis davontrugen. Was man sonst noch gegen Sie hat, das- bleibt wohl bestehen.«

Adrian lachte laut und höhnisch auf. »Da kennen Sie die Leute schlecht, das bleibt nicht bestehen! Sie wissen nicht, wie fest das Volk hier an seinem Aberglauben hängt, das schwört auf solche Proben! Komme ich von der Egidienwand herunter, ohne den Hals zu brechen, so kommt mir keiner wieder mit einem Wort zu nahe. Ich kenne sie!«

»Und wenn Sie stürzen?« fragte Siegbert mit tiefem Ernste.

»Nun, dann ist eben alles zu Ende, und ein Ende muß es doch einmal nehmen, so oder so. Sie wissen es freilich nicht, Herr Siegbert, wie das tut, ausgestoßen zu sein von seinesgleichen, verfemt zu sein auf Tritt und Schritt. Ich hab' das gekostet! Damit kann man einen Menschen zum Ärgsten bringen, und mich haben sie so weit gebracht. Zwei Jahre lang hab' ich's ausgehalten, jetzt ist's genug. Und wenn da oben die leibhaftige Hölle wäre- ich ging' doch hinauf!«

Es sprach eine wilde, verzweifelte Entschlossenheit aus diesen Worten, die vor nichts mehr zurückschreckt. Der Mann war augenscheinlich auf das Äußerste gebracht und auf das Äußerste gefaßt. Siegbert sah, daß hier jeder Einspruch vergebens sein würde und schwieg. Sein Blick suchte die Egidienwand, die dort drüben in ihrer ganzen mächtigen Größe emporstieg, voll und glühend beleuchtet von den letzten Strahlen der sinkenden Sonne. Die riesigen Schroffen standen wie geisterhaft belebt da in dem roten Lichte, und klar und deutlich erkennbar gegen den flammenden Abendhimmel erhob sich das Kreuz auf seiner felsigen Höhe, hinter der die Sonne jetzt langsam verschwand. Die Glut erlosch, schwere, kalte Schatten legten sich auf die Berge, und schwer und kalt legte sich auch Adrians Hand auf die des jungen Malers, der neben ihm stand.

»Leben Sie wohl, Herr Siegbert!« sagte er mit einem tiefen Atemzuge. »In drei Tagen bring' ich den Adler oder- Sie müssen mich selbst suchen- da drunten in der Egidienschlucht!«

KAPITEL 10

In den schattigen Waldanlagen, die sich hinter dem Hotel ausdehnten, saß Herr Bürgermeister Eggert, umgeben von seiner ganzen Familie. Auch die Musen von Wiesenheim waren in diesem Kreise vertreten, und zwar in Gestalt des »Tagesboten«, der regelmäßig nachgesandt wurde. Der Bürgermeister mußte selbstverständlich genau darüber unterrichtet sein, was in seiner verwaisten Stadt vorging, die nun schon drei volle Wochen ihr Oberhaupt entbehrte und noch auf weitere acht Tage zu dieser Entbehrung verurteilt war.

Er hatte soeben mit Genugtuung davon Kenntnis genommen, daß der alte Marktbrunnen, den man einer Reparatur unterworfen, sich wieder in Tätigkeit befand, daß der Hund, der dem Herrn Kreisrichter entlaufen war, sich wieder eingefunden hatte, und daß der Dieb des dem Gemeindeboten entwendeten Huhns entdeckt und gebührendermaßen in das neue Stadtgefängnis abgeliefert morden war. Nach all diesen erfreulichen Tatsachen, die aber doch mehr das praktische Leben berührten, kamen auch die Musen an die Reihe, die diesmal besonders stark am »Tagesboten« beteiligt waren.

Eggert las soeben ein längeres Gedicht vor, das den geheimnisvollen Titel »An Sie« führte und aus der Feder des gegenwärtigen Redakteurs und künftigen Heroen der Dichtkunst stammte, der Sonntags im bürgermeisterlichen Hause zu Mittag aß. Wahrscheinlich hatte die jetzige Unterbrechung dieser freundlichen Gewohnheit die Stimmung des jungen Dichters beeinflußt, denn das Gedicht war ungemein schmerzvoll und wehmutserfüllt und machte auch einen entsprechenden Eindruck. Die Stimme des Lesenden bebte wiederholt vor Rührung, die Frau Bürgermeisterin sah mit gefalteten Händen und feuchten Augen da, und Fränzchen sah ganz elegisch verklärt aus. Nur Siegbert verriet eine sträfliche Gleichgültigkeit und ließ nicht das mindeste Zeichen von Rührung blicken.

»Ja, er ist wirklich ein Genie, unser Ellbach!« sagte der Bürgermeister, indem er das Blatt niederlegte. »Wir werden noch etwas Großes an diesem jungen Manne erleben! Er hat mir selbst beim Ab- schiede diese Überzeugung ausgesprochen, und ich bin ganz seiner Meinung!«

»Wenn der Arme nur nicht diese unglückliche Liebe so tief im Herzen trüge!« sagte Frau Eggert mitleidig. »Wie oft hat der »Tagesbote« nun schon seinen Liebeskummer gebracht und ist noch immer nicht damit fertig. Es muß eine Bekanntschaft aus der Residenz sein, wo er früher lebte, denn in Wiesenheim wüßte ich doch niemand, der der Gegenstand solcher Gefühle sein könnte. Was meinst du, Fränzchen?«

Fränzchen meinte gegen ihre sonstige Gewohnheit gar nichts, sie beugte den Kopf auf ihre Handarbeit nieder, so tief, daß die Mutter nicht sehen konnte, wie feuerrot ihr Gesicht war. Zum Glück überhob der Vater sie der Antwort, indem er wieder das Wort nahm: »Ich werde ihn einmal auf das Gewissen fragen. Das ist ja ein wahrhaft erschütternder Schmerz, den er heute wieder ausströmt. Hört nur diese Stelle: Tag für Tag mit heißen Tränen- mit verzweiflungsvollem Grämen- denk ich dein!«

»Das ist aber kein Reim,« warf Siegbert ein. »Tränen und Grämen paßt nicht.«

»Mein lieber Siegbert, diese nüchterne Bemerkung hättest du dir ersparen können,« sagte der Bürgermeister in hohem Tone. »Was liegt an dem Vers, wenn der Inhalt nur schön und rührend ist. Rührung ist die Hauptsache in der Poesie, in der Kunst überhaupt. Du solltest das gleichfalls beherzigen und mehr Rührung in deine Bilder bringen, aber freilich, das will empfunden sein, und du sitzest niemals mit heißen Tränen an deiner Staffelei, wie dieser arme Mann in seinem Redaktionszimmer.«

»Siegbert sucht förmlich etwas darin, Herrn Ellbach herabzusetzen,« ließ sich jetzt Fränzchen mit kaum unterdrückter Heftigkeit vernehmen. »Er will sich dafür rächen, daß der »Tagesbote« sein letztes Bild weder erwähnt noch besprochen hat.«

Siegbert zuckte die Achseln. »Da bist du im Irrtum, Fränzchen. Ich versichere dir, es ist mir sehr gleichgültig, wie Herr Ellbach meine Bilder beurteilt, und ob er sie überhaupt beurteilt.«

»Künstlereifersucht!« sagte der Bürgermeister mit überlegenem Lächeln. »Einer gönnt dem anderen seinen Ruhm nicht, und doch wirken sie beide auf verschiedenen Gebieten. Aber es ist wahr, auch ich habe mit Befremden das Schweigen des »Tagesboten« bemerkt. Ich fürchte, man hat Siegbert absichtlich ignoriert, und man würde ihn vielleicht sogar angreifen, wenn nicht-« er brach ab, denn die sehr natürliche Folgerung, daß es nur gastronomische Rücksichten waren, die seinen Pflegesohn vor den Angriffen des »Tagesboten« schützten, erschien ihm doch zu unpoetisch, wenn sie auch die richtige war.

»Dergleichen Eifersüchteleien und Feindschaften dürfen aber in unserem Wiesenheim nicht Platz greifen,« begann er wieder. »Nach unserer Rückkehr werde ich eine Versöhnung anbahnen-mit einer Ananasbowle, die pflegt unseren Dichter immer sehr freundlich und versöhnlich zu stimmen, ich habe das schon einigemal erprobt. Und was dich betrifft, Siegbert, so bitte ich mir aus, daß du keine Hartnäckigkeit zeigst. Ich wollte, du hättest nur etwas von dem Selbstgefühl und dem Künstlerstolz dieses jungen Mannes. Er erklärt jede seiner Arbeiten von vornherein für ein Meisterwerk.«

»Ja wohl, und er glaubt sogar daran,« sagte Siegbert mit aufquellender Bitterkeit. »Ich habe das nie vermocht.«

Fränzchen warf ihm einen sehr unholden Blick zu und war im Begriff, sich energisch auf die Seite der Poesie zu schlagen, als ihr Vater sich plötzlich erhob. Er sah drüben auf der anderen Seite der Anlagen den Professor Bertolt» erscheinen und bekam auf einmal Lust, gerade dort einen Spaziergang zu machen. Er überließ daher seine Familie sich selbst und dem »Tagesboten« und wandte sich nach jener Richtung.

KAPITEL 11

Der Herr Bürgermeister hatte eine Zeitlang geschwankt, ob er die neuliche Grobheit des Professors übelnehmen oder die Originalität des berühmten Künstlers bewundern solle, und sich endlich für letzteres entschieden. Eine Bekanntschaft von diesem Rufe und dieser Stellung wollte er unter keiner Bedingung fahren lassen. So näherte er sich denn mit dem festen Entschluß, dem »Original« nichts übel zu nehmen, und begann die Unterhaltung mit der Bemerkung, daß das Wetter sehr schön sei, und mit der Frage, wie der Herr Professor geschlafen habe.

Dieser war heute in ziemlich gnädiger Stimmung, vielleicht rührte es ihn auch, daß man seine ungemeine Grobheit mit so ausgesuchter Höflichkeit vergalt. Er ließ die Tatsache des schönen Wetters gelten und erklärte, daß sein Schlaf vortrefflich gewesen sei. Daraufhin wagte es Eggert, sich ihm anzuschließen, und die beiden promenierten dem Anscheine nach ganz friedfertig miteinander.

»Morgen früh geht Siegbert mit mir auf die Egidienwand«, kündigte der Professor seinem Begleiter an. »Ich habe es bereits mit ihm verabredet. Wir brechen in aller Frühe auf und denken gegen Abend zurück zu sein.«

Der Bürgermeister zog die Augenbrauen in die Höhe, eine derartige Eigenmächtigkeit pflegte er seinem Pflegesohne nie zu gestatten, und wenn er auch dem Professor die alleinige Schuld beimaß, so fühlte er sich doch verpflichtet, seine Autorität geltend zu machen.

»Siegbert hat mir nichts davon mitgeteilt«, entgegnete er. »Ich fürchte wirklich-«

»Haben Sie vielleicht etwas dagegen einzuwenden?« unterbrach ihn Bertold mit so grimmiger Miene, daß er augenblicklich den Rückzug antrat. Wie alle kleinen Tyrannen, fügte er sich geduldig einer größeren Tyrannei gegenüber, und in diesem Punkte hatte er in dem Professor seinen Meister gefunden.

»Durchaus nicht«, versicherte er eiligst. »Ich meinte nur- ich wünsche Ihnen viel Vergnügen zu dieser Partie.«

»Danke!« brummte der Professor etwas besänftigt. »Aber noch eine Frage! Sie kennen natürlich die sämtlichen Studien und Skizzen Siegberts?«

»Natürlich, Herr Professor! Sie wissen ja, welch hohes Interesse ich für die Kunst habe, und nun vollends, wo es sich um die Werke meines Sohnes handelt. Ich prüfe Tag für Tag seine Skizzenmappe mit der größten Aufmerksamkeit, und ich darf wohl behaupten, daß in den letzten vier Jahren nichts ohne meinen Rat und ohne mein Urteil entstanden ist, vom kleinsten Blättchen an bis zu den großen Bildern, die daheim in meinem Hause hängen.«

»Da hängen sie wohl noch allesamt?« bemerkte der Professor trocken. »Ein Käufer hat sich wohl noch zu keinem einzigen gefunden?«

Eggert warf sich in die Brust, mit dem ganzen Stolze des reichen Mannes.

»Allerdings nicht, aber ich lege auch keinen Wert darauf. Ich kann mir immerhin gestatten, die Werke meines Sohnes im eignen Besitz zu behalten. Mein Sohn hat es nicht nötig, um des Geldes willen zu malen! Er hat von jeher den Eingebungen seiner Muse folgen dürfen, ohne an den schnöden Erwerb zu denken.«

»Das ist gerade das Unglück des Jungen gewesen!« fiel Bertold mit vollem Nachdruck ein. »Wenn er sich tüchtig mit der Not des Lebens hätte herumschlagen müssen, wäre er nicht ein solcher Träumer geworden!«

Der Bürgermeister sah ihn mit offenem Munde an. »Wie? Sie wollen doch nicht etwa behaupten, daß es ein Glück ist, wenn man sich um das tägliche Brot mühen muß, diese Misere des Lebens?«

»Unsinn!« sagte der Professor in seiner derben Weise. »Die sogenannte Misere hat noch keinem geschadet, der jung und kraftvoll ist. Fast alle unsere großen Künstler find durch dies Fegfeuer gegangen, und es ist ihnen ganz gut bekommen. Sehen Sie mich an! Ich war mit zwanzig Jahren auch arm, verwaist, ohne Freunde und Gönner, ohne einen Menschen, der sich meiner annahm. Ich hatte nichts, als mein Talent und den festen Willen, um jeden Preis etwas zu werden. Ich habe es durchgesetzt, gerade weil ich es nötig hatte, Zu arbeiten, weil ich entweder schwimmen oder untergehen mußte. Dies »Entweder- Oder« hat dem Siegbert gefehlt, darum hat er auch nie gelernt, seine Kräfte zu brauchen, und als er wirklich einmal vor die Entscheidung gestellt wurde, da kamen Sie mit Ihrer Wiesenheimer Gemütlichkeit dazwischen und ruinierten ihm seine Zukunft.«

Der Bürgermeister nahm eine tiefgekränkte Miene an. »Herr Professor, Sie machten mir schon gestern einen derartigen Vorwurf. Er hat mich tief verletzt, ja er hat mir das Herz zerrissen!«

»So?« meinte der Professor, indem er mit kritischen Blicken den kleinen Mann betrachtete, als wolle er ein äußeres Merkmal der Zerrissenheit entdecken.

»Ich werde Ihnen beweisen, wie unrecht Sie mir tun«, fuhr Eggert mit Pathos fort. »Wenn Sie es nun einmal für unbedingt notwendig halten, daß Siegbert seine Studien in Italien vollendet- nun wohl, ich füge mich der Autorität des großen Meisters- ich bin einverstanden.«

Bertold blieb stehen; dieser plötzliche Anfall von Vernunft kam ihm zu unerwartet, als daß er ihm so ohne weiteres hätte trauen sollen.

»Nun, dann wäre die Sache ja in Ordnung«, sagte er. »Ich beabsichtige, von hier direkt nach Rom zu gehen. Geben Sie mir Siegbert mit.«

»Allein?« fragte der Pflegevater in sehr gedehntem Tone.

»Wollen Sie etwa mit?« fuhr der Professor auf.

Der Bürgermeister lächelte vielsagend. »Wenigstens möchte ich die Sache bis zum Frühjahr aufschieben, es arrangiert sich dann alles viel leichter. Das junge Paar könnte seine Hochzeitsreise nach Italien machen und die Flitterwochen dort verleben.«»Hochzeitsreise- Flitterwochen-« wiederholte der Professor. »Was meinen Sie denn eigentlich damit?«

»Nun, Ihnen mache ich kein Geheimnis daraus«, versicherte Eggert im vertraulichen Tone. »Ich beabsichtige, meinen teuren Pflegesohn auch durch die engsten Familienbande an uns zu fesseln. Schon damals, als er vor siebzehn Jahren in mein Haus kam, stand es bei mir fest, daß er dereinst mein Sohn und Erbe werden sollte. Er und meine Tochter sind mit und für einander erzogen, ich habe stets das Glück meiner Kinder im Auge gehabt.«

Der Professor hob Augen und Hände zum Himmel und war im Begriff loszubrechen, als er Siegberts Skizzenbuch, das er aus besonderen Gründen zu sich gesteckt hatte, in der Brusttasche fühlte. Die Erinnerung an den Inhalt desselben hielt vorläufig den drohenden Sturm noch auf. Der Künstler stieß einen unartikulierten Laut aus und sagte mit grimmiger Freundlichkeit:

»Das ist ja eine recht erfreuliche Nachricht!«

»Nicht wahr?« stimmte der Bürgermeister bei. »Deswegen sind wir auch eigentlich hier. Das junge Paar weiß zwar längst, daß es füreinander bestimmt ist, aber, Sie begreifen- eine Künstlernatur und ein eben erwachendes Mädchenherz darf man nicht so nüchtern zusammengeben, man muß ihnen die nötige Romantik gewähren. Deshalb unternahm ich die Reise. Hier, im Angesicht der ewigen Vergeswelt, fern von dem Getriebe des Alltagslebens, sollen ihnen ihre Gefühle klar werden.«

»Die sind ihnen ja schon seit siebzehn Jahren klar geworden, wie Sie behaupten«, warf der Professor ein, aber der glückliche Vater ließ sich nicht stören, er fuhr in voller Ekstase fort:

»Hier sollen sich ihre Herzen finden und das erste Wort der Liebe Zwischen ihnen gesprochen werden. Oh, ich verstehe mich auf die Romantik der Jugend, wenn die Jugend auch hinter mir liegt! Nach unserer Rückkehr feiern wir die öffentliche Verlobung, und im Frühjahr findet die Hochzeit statt. Das junge Ehepaar mag sich dann zu der Reise nach Rom rüsten. Ich und meine Frau gehen natürlich mit.«

»Dann sei Gott dem armen Jungen gnädig!« brach der Professor jetzt los. »Herr, jetzt wird mir die Sache denn doch zu bunt! Haben Sie denn gar keine Idee davon, was ein Künstler zum Schaffen und Studieren braucht, daß Sie ihm dabei die Frau, die Schwiegereltern und womöglich noch das ganze Wiesenheim aufhalsen wollen? Da setzen Sie ihn doch lieber gleich in das neue Stadtgefängnis, ehe Sie ihn mit der Eskorte nach Rom transportieren!«

Damit ließ er den ganz entsetzten und empörten 9? Bürgermeister stehen und wandte sich dem Hotel zu. Herr Eggert stieß einen Seufzer aus. Er gewöhnte sich nun zwar nachgerade an diese Behandlung und hatte ja auch den festen Vorsatz, nichts übel zu nehmen, aber er fand doch, daß die Originalität des berühmten Meisters heute besonders stark entwickelt sei, und zum erstenmal stieg ihm der Gedanke auf, daß es doch gefährlich sei, seinen so ängstlich behüteten Pflegesohn in solcher Nähe zu lassen.

KAPITEL 12

Bertold trat inzwischen, noch ganz rot und erhitzt vom Ärger, in die Wohnung des Präsidenten, die im ersten Stockwerke des Hotels lag. Herr von Landes selbst war nicht anwesend, nur Alexandrine saß an der geöffneten Balkontüre und hielt ein Buch in der Hand. Sie schien indessen nicht gelesen zu haben, denn sie fuhr wie aus tiefem Nachsinnen empor, als Bertold eintrat und sie mit jener Vertraulichkeit begrüßte, zu der ihn sein beinahe väterliches Verhältnis zu der jungen Dame berechtigte.

»Ich freue mich ungemein auf unsere für morgen beabsichtigte Partie«, sagte sie, ihm mit der gleichen Vertraulichkeit die Hand hinstreckend. »Die Aussicht von der Alm soll wunderschön sein, und ich denke dort oben sehr fleißig zu zeichnen, während Sie mit Sir Conway auf der Egidienwand sind.«

»Ich habe dafür gesorgt, daß Sie Gesellschaft haben«, entgegnete der Professor, indem er an ihrer Seite Platz nahm. »Siegbert Holm wird uns begleiten und bleibt, da er kein besonderer Bergsteiger ist, gleichfalls auf der Alm zurück.«

Alexandrine, die im Begriff war, das Buch beiseite zu legen, hielt inne und wandte rasch den Kopf.

»Herr Holm- so?«

»Ist Ihnen das nicht recht, Alexandrine?«

»Mir? Ich habe nicht das mindeste Interesse an der ganzen Sache, ich wundere mich nur über die schnelle Aussöhnung. Noch gestern sprachen Sie sich mit der größten Bitterkeit über Ihren ehemaligen Schüler aus, und heute scheint er bereits vollständig wieder zu Gnaden angenommen zu sein.«

»Das hat seine Gründe. Die Verhältnisse liegen jetzt anders. Ich habe soeben eine Szene mit diesem verwünschten Potentaten von Wiesenheim gehabt. Er hat schon wieder ein neues Attentat ausgesonnen, um seinen Pflegesohn vollends niet- und nagelfest zu machen. Denken Sie nur,- jetzt soll Siegbert gar die bürgermeisterliche Tochter heiraten!«

In den dunklen Augen Alexandrinens flammte es auf wie Unwille, und ihre Lippen kräuselten sich verächtlich, als sie fragte:

»Und was wird Herr Holm tun?«

»Das Opferlamm ist imstande, sich an Hymens Altar schlachten zu lassen, das gehört vermutlich auch zu den Pflichten seiner Dankbarkeit. Aber daraus wird nichts, jetzt greife ich in die Sache ein und bin eben gekommen, um den Kriegsplan mit Ihnen zu beraten.«

»Mit mir?« wiederholte Alexandrine in sehr kaltem Tone. »Mir ist der junge Mann ja vollständig fremd, und wenn er sich nicht selbst aus jenen Verhältnissen lösen will-«

»Oh, er will manches nicht, was trotzdem geschehen wird«, fiel der Professor ein. »So wollte er zum Beispiel durchaus nicht mit auf die Alm und sträubte sich mit Händen und Füßen dagegen, Ihren Kavalier zu machen, aber ich habe ihn ganz einfach gezwungen.«

Die junge Dame erhob sich plötzlich. »Ich bitte, Herr Professor, daß Sie mir und ihm diesen Zwang ersparen. Ich wünsche nicht, meine Gesellschaft jemand aufzudrängen, und ich begreife überhaupt nicht, wie Sie Herrn Holm zu dieser Partie einladen konnten. Ich sagte es Ihnen ja, wie absichtlich er sich seither fern gehalten hat.«

Sie war an den Balkon getreten und blickte abgewendet hinaus, aber die Worte klangen in vollster Schärfe, und ihre Lippen bebten wie im verhaltenen Zorne. Der Professor lachte: er fand es ganz natürlich, daß die verwöhnte und viel umworbene Alexandrine von Landeck es übelnahm, wenn man sich gegen ihre Gesellschaft sträubte; das mochte allerdings zum erstenmal geschehen.

»Seien Sie nicht zu hart gegen den armen Jungen«, sagte er. »Er kann doch nichts dafür, daß er sich sterblich in Sie verliebt hat, und es nun nicht einmal wagt, Ihnen zu nahen.«

Alexandrine zuckte leicht zusammen; in ihren Zügen stritten Erstaunen und Unglauben miteinander, als sie sich wieder umwandte.

»Sie scherzen, Herr Professor!«

»Durchaus nicht, ich spreche im vollen Ernst.«

»Unmöglich! Oder hat Ihnen etwa Herr Holm selbst-?«

»Siegbert? Nein, der macht keine Geständnisse, der ist von einer ganz unnatürlichen Verschlossenheit. Ich habe anderweitige Quellen.«

»Dann täuschen Sie sich!« sagte die junge Dame mit Bestimmtheit. »Er hat mir nie mit einem Worte, mit einem Blicke tieferes Interesse verraten. Ich wiederhole es Ihnen, Sie täuschen sich.«

»Das wollen wir sehen, Sie sollen selbst urteilen!«

»Hier,« er zog das Skizzenbuch hervor und öffnete es, »sehen Sie sich diese Blätter an. Sechsmal hintereinander hat der Junge Ihr Porträt gezeichnet, als ob es überhaupt gar nichts anderes in der Welt gäbe. Sie werden mir zugeben, daß ein vernünftiger Mensch dergleichen nicht tut- so etwas bringt nur ein Verliebter fertig!«

Alexandrine blickte schweigend auf die Blätter, die er ihr eins nach dem andern hinreichte, und in ihrem Gesicht stieg dabei langsam eine helle Röte auf, endlich sagte sie leise:

»Wie kommen Sie zu diesen Zeichnungen?«

»Ich habe sie unterschlagen«, gestand Bertold in höchster Gemütsruhe. »Siegbert hat keine Ahnung davon, daß sie sich in meinen Händen befinden, und sucht sie jetzt überall in Todesangst; aber das geschieht ihm recht! Warum läßt der Hans Träumer dergleichen im Walde liegen? Nicht wahr, das ist nichts Mittelmäßiges? Das kann sich sehen lassen! Wie er es fertig bekommen hat, sechsmal hintereinander denselben Gegenstand immer wieder genial aufzufassen und trotz aller Flüchtigkeit so vorzüglich wiederzugeben, das weiß ich nicht; aber eins weiß ich,- daß ich den Jungen jetzt nicht wieder aus den Händen lasse! Ich hatte ihn vollständig aufgegeben nach den letzten Proben, da kommt mit einem Male so etwas zum Vorschein. Und *das* hält er vor aller Augen verborgen, während er ganz miserables Zeug auf die Ausstellung schickt. Ich werde ihn lehren, mich und alle Welt zu betrügen!«

Wider Erwarten ging Alexandrine gar nicht auf die künstlerische Beurteilung der Studien ein, die sie noch immer in der Hand hielt. Sie blickte unverwandt auf die Linien, die immer und immer wieder ihre Züge wiederholten und schien sogar die Antwort darüber zu vergessen.

»Dem Papa zeigen wir diese Blätter aber vorläufig nicht,« fuhr der Professor im vertraulichen Tone fort, »wir sagen ihm überhaupt nichts von den Sachen. Er wäre imstande, sie übel zu nehmen, obgleich am Ende jeder das Recht hat, sich zu verlieben. Aber Exzellenz ist sehr empfindlich in bezug auf seine einzige Tochter. Schweigen wir also gegen ihn, Sie dagegen muß ich unbedingt zur Bundesgenossen haben.«

»Und zu welchem Zwecke?« fragte Alexandrine, ohne die Augen aufzuschlagen und mit einer eigentümlichen Unsicherheit. »Sie verlangen doch nicht etwa, daß ich diesem jungen Manne- Hoffnung gebe?«

»Beileibe nicht!« fuhr Bertold auf, »das würde alles verderben! Diese unglückliche Liebe ist ja mein letzter Hoffnungsanker, und dazu kann sie gar nicht unglücklich genug sein. Siegbert muß vollständig zur Verzweiflung gebracht werden, sonst kommt er nicht zur Vernunft.«

Sie schüttelte befremdet den Kopf. »Ich verstehe Sie nicht.«

»Ich werde es Ihnen erklären.« Er zog sie neben sich auf den Sessel nieder, und seine Stimme wurde tiefernst, als er fortfuhr. »Sehen Sie, Alexandrine, einer anderen würde ich diese Blätter nie gezeigt haben. Unsere romantisch oder sentimental angelegten jungen Damen finden es meist sehr interessant, von einem Künstler angebetet zu werden. Es könnte sich da ein Roman entspinnen, der freilich nur die Bedeutung einer Reiseidylle hätte und mit der Reise zu Ende wäre; aber Exzellenz würde mir deswegen doch nachdrücklichst und mit vollem Rechte den Text lesen. Sie dagegen stehen über solchen Kindereien. Sie werden sich nie zu einer bloßen Gefühlständelei herablassen und auch kein herzloses Spiel mit den Gefühlen eines anderen treiben. Mit Ihnen kann ich die Sache wagen; überdies weiß ich durch Ihren Vater, daß Sir Conway ihm bereits seine Wünsche mitgeteilt hat und nicht zurückgewiesen worden ist.«

Alexandrine stützte den Kopf in die Hand, so daß diese ihr Gesicht beschattete.

»Ich weiß, daß mein Vater jene Wünsche teilt. An mich hat Sir Conway noch keine Frage gerichtet, also habe ich ihm auch bisher keine Antwort geben können.«

Der Professor lächelte. »Nun, die Antwort wird wohl schließlich befriedigend ausfallen. Was nun aber Siegbert betrifft, so ist er sein Leben lang ein Träumer gewesen, der vom hellen, lichten Tage nichts wußte und immer nur in seinen Idealen lebte. Die Ideale haben sie ihm nun freilich in Wiesenheim gründlich ausgetrieben, aber leider auch den Lebensmut, die Kraft und Lust zum Schaffen, und dabei hat er sich so vollständig in seine unsinnige Dankbarkeitstheorie verrannt, daß schlechterdings nichts mit ihm anzufangen ist. Er braucht irgendeine Leidenschaft, die ihn gewaltsam emporreißt aus diesen Verhältnissen, in denen er zugrunde geht. Bei Ihrem Anblick hat sein Talent sich wieder aufgerafft, da hat er zum erstenmal seit Jahren wieder etwas geleistet, hier müssen wir den Hebel ansetzen. Alexandrine, ich habe bei Ihnen stets das vollste Verständnis und die höchste Begeisterung für die Kunst gefunden, es gilt hier, ein Talent ersten Ranges zu retten- wollen Sie mir dabei helfen?«

Die ernsten, eindringlichen Worte schienen ihren Eindruck nicht zu verfehlen; auf dem Gesichte der jungen Zuhörerin lag noch immer jene helle Röte, und um ihren Mund schwebte es wie ein halbes Lächeln, als sie erwiderte:

»Und was wollen Sie denn, das ich tun soll?«

»Dem Siegbert ins Gewissen reden!« sagte Bertold mit Nachdruck. »Ich richte nichts mit ihm aus, auf mich hört er nicht, aber Sie wird er hören. Ich habe dafür gesorgt, daß Sie morgen mit ihm einige Stunden lang allein sind; da geben *Sie* ihm sein Skizzenbuch zurück, aus Ihren Händen soll er es empfangen. Sagen Sie ihm dabei, was Sie wollen und wie Sie es wollen, nur treiben Sie ihn zum Entschluß. Hat er erst einmal die Freiheit gekostet, so wird er sie sich schon zu wahren wissen.«

Alexandrine sah sehr betroffen aus bei dieser Zumutung. » *Ich* soll ihm diese Blätter zurückgeben, die auf jeder Seite mein Bild enthalten? Ich fürchte,-«

»Daß er Ihnen dann eine Liebeserklärung macht? Möglich- sogar wahrscheinlich- aber das schadet nichts.«

»So? Finden Sie das?«

»Gar nichts schadet es! Sie sollen ihm ja keine Hoffnung geben, im Gegenteil, Sie sollen ihm die Hoffnung nehmen bis auf den letzten Funken. Machen Sie es ihm klar, daß die Liebe eines jungen, namenlosen und unbekannten Menschen eine Torheit ist, zeigen Sie ihm schonungslos, daß er sich durch sein Zagen und Zweifeln um jede Möglichkeit gebracht hat, die Augen bis zu Ihnen zu erheben, und dann zeigen Sie ihm sein Talent und die Kunst als das einzige, wohin er sich mit seinem zerstörten Liebestraum retten kann. Dann, ich gebe Ihnen mein Wort darauf, springt er entweder geradeswegs in die Ache,- oder er malt ein vernünftiges Bild!«»Um Gottes willen!« fuhr Alexandrine entsetzt auf.

»Nun, ängstigen Sie sich nur nicht«, beruhigte sie Bertold. »Ich lasse ihn nicht springen, ich werde schon zur Stelle sein und ihn festhalten, wenn es so weit ist.- Das ist also mein Plan, und, wie ich Siegbert kenne, ist es der einzige, der Erfolg verspricht. Darf ich dabei auf Ihre Hilfe rechnen?«

Alexandrine hob das Auge zu ihm empor, es stand ein Ausdruck darin, der sich nicht enträtseln ließ, aber ihre Antwort klang fest und bestimmt. »Ich werde tun, was Sie wünschen.«

Der Professor ergriff mit voller Herzlichkeit ihre Hand. »Ich wußte es ja, daß Sie mich verstehen würden! Hier sind die Skizzen, und im übrigen bleibt die Sache Geheimnis zwischen uns beiden. Auf morgen denn!«

»Auf morgen!« wiederholte Alexandrine, indem sie das Buch an sich nahm.

Der Professor ging, sehr befriedigt von dem Erfolg der Unterredung. Draußen im Korridor stieß er mit dem Bürgermeister Eggert zusammen, der eilfertig die Treppe herunterkam.

»Entschuldigen Sie, Herr Professor!« rief er. »Ich bemerkte Sie nicht. Ich bin in großer Eile. Haben Sie vielleicht meinen »Tagesboten« gesehen?«

»Ihren »Tagesboten«? Ah so, das Haupt-, Stadt- und Leiborgan von Wiesenheim! Nein, das habe ich nicht gesehen.«

»Ich begreife nicht, wo das Blatt, das eine sehr wichtige Notiz enthält, die ich notwendig brauche, hingekommen ist. Keines von den Meinigen weiß es; es ist spurlos von unserem Tische verschwunden. Vielleicht hat es jemand irrtümlich mit in den Salon genommen; ich will einmal nachsehen!«

Damit eilte der Herr Bürgermeister die Treppe hinunter, aber weder im Salon noch sonst irgendwo fand sich das kostbare Blatt; das ganze Hotel wurde vergebens danach durchsucht. Eggert muhte sich schließlich ohne die wichtige Notiz, die den alten Marktbrunnen betraf, behelfen.

Trotzdem befand sich der »Tagesbote« in seiner unmittelbaren Nähe, und zwar im Zimmer seiner Tochter, das diese aber wohlweislich verriegelt hatte. Sie saß am Fenster, das geraubte Blatt in den Händen, und las noch einmal das Gedicht »An Sie«, dessen Titel ihr kein Geheimnis zu sein schien. Fränzchens Wangen glühten dabei verräterisch, ihre Augen strahlten, und endlich faltete sie das Blatt zusammen und barg es auf dem Grunde ihres Koffers. Es war offenbar, daß sie die Romantik, die ihr hier in der ewigen Bergwelt künstlich beigebracht werden sollte, längst im »Wiesenheimer Tagesboten« gefunden hatte.

KAPITEL 13

Die Egidienwand und die Wälder und Matten zu ihren Füßen lagen im hellsten Sonnenglanz. Aus den weißen Morgennebeln, die in der Frühe noch das ganze Gebirge einhüllten, war der herrlichste Sommertag emporgestiegen, welcher der kleinen Reisegesellschaft eine weite und klare Aussicht verhieß. Auf dem etwas steilen, aber im ganzen ziemlich bequemen Wege, der zu der Alm hinaufführte, ritt Alexandrine von Landeck auf einem jener kleinen Bergpferde, die zum Dienste der Fremden bereitgehalten wurden. Der grüne Schleier der jungen Reiterin flatterte lustig im Morgenwinde, und das graue, enganschließende Kleid stand ihr vorzüglich; das schien auch Sir Conway zu finden, der schon beim Aufbruch den Platz an der Seite des Pferdes eingenommen hatte und ihn nicht wieder verließ. Er gab sich heute besondere Mühe, liebenswürdig zu erscheinen und sprach lebhafter und angelegentlicher als es sonst seine Art war, desto zerstreuter und einsilbiger zeigte sich seine Dame. Sie wandte oft den Kopf zurück, um einige Worte an den Professor Bertold zu richten, der unmittelbar hinter ihr ging, da der schmale Weg keinen Raum für einen Dritten bot.

In einiger Entfernung folgte Siegbert mit dem Führer, aber er schien keine besondere Freude an der Partie zu haben, zu der man ihn halb und halb gezwungen hatte. Weder die frische Bergluft, noch die Anstrengung des Steigens vermochten es, seinem Gesicht Farbe zu geben; es erschien noch bleicher als sonst, und trug jenen müden, abgespannten Ausdruck, der auf eine durchwachte Nacht deutet. Der Professor sah sich einigemal ungeduldig nach dem Säumigen um, als aber die Entfernung zwischen ihnen immer größer wurde, blieb er stehen, um ihn zu erwarten.

»Warum bleibst du denn immer und ewig zurück?« empfing er den jungen Mann, als dieser endlich herankam. »Mir scheint, du willst dich absichtlich von uns trennen.«

»Ich habe es Ihnen ja gesagt, daß ich kein Bergsteiger bin«, verteidigte sich Siegbert. »Ich kann nicht mit Ihnen Schritt halten.«

»Du armer Junge, dir wird das Steigen wohl recht schwer?« sagte Bertold mit kaum verhohlenem Spott.

Siegbert antwortete nicht sogleich. Sir Conway hatte soeben den Zügel des Pferdes ergriffen und leitete es sorgfältig über eine unebene Stelle des Weges, während er zugleich mit der andern Hand den Schleier Alexandrinens befreite, der an einem Fichtenzweige hängen geblieben war. Die Augen des jungen Malers hafteten brennend und unverwandt auf der Gruppe, und es schien ihm wirklich der Atem zu fehlen, als er endlich sagte:

»Jawohl- sehr schwer!«

»Das ist unsere Jugend!« rief der Professor ärgerlich. »Keine Kraft, kein Lebensmut! Sieh mich an, ich nehme es noch mit euch allen auf und laufe euch allen den Rang ab. In deinem Alter wäre ich nun vollends nicht eine Viertelmeile hinter einer schönen, jungen Dame hergegangen und hätte den Platz an ihrer Seite einem anderen überlassen.«

»Ich kann doch unmöglich Sir Conway einen Platz streitig machen, auf den er jedenfalls ein Recht hat,« entgegnete Siegbert mit einer Bitterkeit, die durch all seine mühsam behauptete Selbstbeherrschung hindurchbrach.

»Du meinst, daß er schon bestimmte Hoffnungen hat? Mir scheint es auch so, und er ist ja auch eine höchst annehmbare Persönlichkeit, reich, aus vornehmer Familie, und wenn sein kinderloser Onkel stirbt, ist ihm eine Lordschaft gewiß, also eine durchaus passende Partie für Alexandrine. Mir ist der Mensch freilich unausstehlich, seit er einen anderen so kaltblütig auf die Egidienwand hinaufschicken will, um sich den Hals zu brechen.«

»Und doch nennen Sie ihn eine passende Partie für Fräulein von Landeck?«

Bertold zuckte die Achseln. »Bei Mädchen ihres Standes und ihrer Erziehung entscheiden die äußeren Rücksichten. Sie heiraten meist nach dem Willen der Eltern, und das gibt gewöhnlich ganz glückliche Ehen. Die sogenannte romantische Liebe gehört in den Roman, für das praktische Leben taugt sie ganz und gar nicht. Ich weiß das aus eigener Erfahrung; ich habe in meiner Jugend einen regelrechten Roman durchgemacht, vom Anfang bis zum Ende.«

»Und das Ende war kein glückliches?« fragte Siegbert halblaut. »Ich sehe es- Sie sind ja unvermählt geblieben.«

Der Professor sah ihn im höchsten Erstaunen an. »Junge, ich glaube, du bildest dir wahrhaftig ein, man müsse heiraten, wenn man verliebt ist! Du wärst imstande dazu; ich sage dir aber, das ist das Schlimmste, was überhaupt passieren kann. Eine unglückliche Liebe dagegen, die mit Ach und Weh endigt, ist Goldes wert für einen jungen Künstler, denn die gibt ihm erst die rechte Stimmung. Mich hat sie zum berühmten Manne gemacht.«

»Herr Professor, das ist Scherz!«

»Das ist vollkommener Ernst. Du kennst doch meine Julia Capulet?«

»Das Gemälde in der großen Galerie zu B., das erste, welches Ihren Namen in der Künstlerwelt bekannt machte?«

»Dasselbe! Ich will dir die Geschichte dieses Bildes erzählen. Du kannst dir die Sache merken, wenn du einmal in einem ähnlichen Falle bist.«

Siegbert ahnte nicht, wie genau sein Lehrer über diesen Fall unterrichtet war, er wandte ihm in höchster Spannung das Gesicht zu. Alexandrine und ihr Begleiter waren weit genug voraus, um nichts von dem Gespräche zu hören, auch der Führer, den Sir Conway herbeigerufen, befand sich an ihrer Seite. Siegbert und der Professor waren also völlig ungestört und letzterer begann:

»Ich war ungefähr in deinem Alter, ein armer Teufel von Maler, der oft genug nicht das tägliche Brot hatte, und dem es mit aller Anstrengung noch nicht gelungen war, irgendeinen nennenswerten Erfolg zu erreichen. Da wurde mir ganz unerwartet die Ehre zuteil, einen alten Grafen abzukonterfeien, und ich brachte einige Wochen auf seinem Gute zu. Der Graf hatte eine impertinente Physiognomie, gegen die sich mein Pinsel sträubte, aber auch eine wunderschöne Tochter, gegen die sich mein Gefühl gar nicht sträubte, ich suchte also die Sache auszugleichen, indem ich den alten Herrn malte und mich in die junge Dame verliebte, die freilich von ihrem Vater einem Gutsnachbar, einem Majoratsherrn auf, von und zu, bestimmt war.«

»Ich begreife,« sagte Siegbert, dessen Blick wieder auf Alexandrine und ihrem Begleiter haftete. »Es ist die alte Geschichte. Der Majoratsherr mit seinem Reichtum trug den Sieg davon, und der arme Maler mit seiner heißen Liebe mußte zurücktreten.«

»Das fiel ihm gar nicht ein!« rief der Professor. »Du wärst natürlich zurückgetreten; ich machte der jungen Gräfin eine Liebeserklärung und, da ich ihr besser gefiel als der steife Gutsherr, so nahm sie meine Huldigungen an. Es folgte dann der übliche Roman, mit Seufzern und Gedichten, mit Mondschein und Liebesschwüren, aber er dauerte leider nur drei Wochen. Dann kam der eifersüchtige Majoratsherr dahinter und meldete es wütend dem Grafen. Der alte Herr machte uns eine schreckliche Szene; ich wurde Knall und Fall entlassen, die junge Gräfin wurde eingesperrt, und uns dadurch jede Möglichkeit genommen, miteinander zu verkehren.«

Siegbert hörte schweigend zu, aber seine Miene verriet ein immer größeres Befremden über den Ton, in welchem der Professor von seiner Jugendliebe sprach; dieser aber schien durch die Erinnerung nicht im mindesten erregt zu werden, er fuhr ganz behaglich fort:

»Ich verzweifelte natürlich, das ist der Normalzustand in solchen Fällen. Ich wütete und jammerte abwechselnd, wollte erst mich, dann den Majoratsherrn, dann uns beide erschießen, aber ich ließ das schließlich bleiben. Statt dessen setzte ich mich an die Staffelei und malte, noch in der ganzen Aufregung und Ekstase, jenes Bild. Meine Julia, die sich an der Leiche Romeos den Tod gibt, trägt die Züge der jungen Gräfin. Als das Bild fertig war, hatte ich merkwürdigerweise den ganzen Liebesjammer überwunden. Dafür stand er jetzt auf der Leinwand, in romantisch-klassischem Gewande und mit der nötigen Verklärung. Das Bild machte Sensation auf der Ausstellung, das Publikum drängte sich davor, die Kritik feierte es in allen Journalen, schließlich wurde es von der Galerie in B. angekauft, und ich war mit einem Schlage ein berühmter Mann!«

»Und die junge Gräfin?« fragte Siegbert.

»Hat natürlich den Majoratsherrn geheiratet und eine sehr glückliche Ehe mit ihm geführt. Ich dagegen wurde, was man eine Berühmtheit nennt; und wenn es mir heute nochmals einfiele, irgendeiner Komtesse den Hof zu machen, so würde sie das vor aller Augen mit der größten Liebenswürdigkeit annehmen. Merke dir das, mein Junge, und mache es in Zukunft auch so!«

»Niemals!« brach Siegbert aus. »Sie haben nie geliebt, Sie wissen nicht, was Lieben ist! Ich würde mich nie mit einem Bilde über den Verlust der Geliebten trösten, und ich würde auch nicht- verzeihen Sie, Herr Professor- in *solchem* Tone davon sprechen.«

»Weil du ein Narr bist!« rief Bertold ärgerlich. »Ich glaube, du nimmst dir gar heraus, mir den Text zu lesen, und willst das leuchtende Beispiel, das ich dir vorhalte, nicht einmal befolgen.«

»Nein,« erklärte Siegbert mit seltener Entschiedenheit. »Ich bin eben eine andere Natur.«

»Eine Träumernatur!« grollte der Professor. »Sieh zu, wie weit du damit kommst.«

Das Gespräch mußte hier abgebrochen werden, denn das Ziel war erreicht, vor ihnen lag auf grüner Matte die Alm. Alexandrine stieg ab, und während ein kleiner Hirtenbube aus der Sennhütte herbeieilte, um ihr Pferd in Empfang zu nehmen, vereinigte sich die Gesellschaft wieder. Auch der Professor und Sir Conway beabsichtigten, eine längere Rast hier zu machen, ehe sie den anstrengenden und beschwerlichen Weg nach der Egidienwand antraten. Das Wetter war herrlich, die Aussicht übertraf alles Erwarten, und in voller Klarheit lag das herrliche Landschaftsbild ausgebreitet da. Das mitgenommene Frühstück erwies sich als vortrefflich, dennoch wollte es in der Reisegesellschaft zu keiner rechten Stimmung kommen. Bei Siegbert schien die Erzählung, womit ihn sein Lehrer von den Vorzügen einer unglücklichen Liebe überzeugen wollte, gerade den entgegengesetzten Eindruck gemacht zu haben, er war nur noch ernster und schweigsamer geworden. Alexandrine zeigte eine gewisse Befangenheit, die ihr sonst ganz fremd war, und Sir Conway war übler Laune, denn er hatte soeben erst durch den Professor erfahren, daß der junge Reisegefährte sie nicht weiter begleiten, sondern gleichfalls hier bleiben werde.

Nicht als ob der Engländer auch nur die Möglichkeit einer Annäherung gefürchtet hätte, in seinen Augen war Siegbert zu unbedeutend, um dergleichen überhaupt zu versuchen, und er hatte sich ja auch bisher beinahe ängstlich in einiger Entfernung gehalten, aber Sir Conway fand es im höchsten Grade eigenmächtig und unpassend, daß man diesen jungen Menschen, der eigentlich gar kein Recht auf die vornehme Gesellschaft hatte, in die Professor Bertold ihn eingeführt, so ohne weiteres zum Beschützer und Begleiter des Fräuleins von Landeck machte. Er ließ auch in der Tat eine Bemerkung darüber fallen, mußte aber erfahren, daß die Grobheit des Professors nicht bloß für den Bürgermeister von Wiesenheim vorhanden war. Auch Sir Conway mußte sich einen sehr deutlichen Wink gefallen lassen, daß ihn die Sache ganz und gar nichts angehe, und es bedurfte seines ganzen Respekts vor der Berühmtheit des alten Meisters, um das stillschweigend hinzunehmen.

Allerdings ahnte auch der Präsident, als er seine Tochter dem Schutze des alten Freundes anvertraute, nichts von dessen eigenmächtiger Verfügung. Er war freilich von der Beteiligung Siegberts an der Partie unterrichtet, nahm aber als selbstverständlich an, daß dieser die Herren begleiten und Alexandrine allein zurückbleiben werde. Auf der Alm war immerhin für die Unterkunft von einigen Stunden gesorgt; die Leute in der Sennhütte erhielten oft den Besuch von Fremden, die sich meist mit der Aussicht von hier begnügten, ohne die Egidienwand zu ersteigen. Bertold wußte sehr gut, daß der Präsident dies stundenlange Alleinsein seiner Tochter mit dem jungen Maler nicht billigen werde, aber er kümmerte sich nicht im mindesten darum. Es war seine Art, rücksichtslos auf das Ziel loszugehen, das er sich einmal gesetzt hatte, und dazu war ihm jedes Mittel recht.

Alexandrine hatte eingewilligt; von ihr war keine »Kinderei«, wie etwa die Anknüpfung eines Romans, zu befürchten, also war es sehr gleichgültig, ob Exzellenz sich nachträglich empfindlich zeigte oder nicht. Der Professor hatte seinen Kriegsplan vortrefflich eingeleitet und war in bester Laune. Kurz vor dem Aufbruche ergriff er aber noch die Gelegenheit und zog Alexandrine auf einen Augenblick beiseite.

»Es bleibt also dabei, Sie werden dem Siegbert ordentlich in das Gewissen reden!« sagte er leise, aber nachdrücklich. »Und was seine Schwärmerei für Sie betrifft, so schonen Sie ihn durchaus nicht. Ich wiederhole es Ihnen, wir müssen den Jungen vollständig zur Verzweiflung treiben, das ist das einzige Mittel, ihn zur Vernunft zu bringen.«

»Ich werde tun, was in meiner Macht steht!« erklärte Alexandrine etwas einsilbig.

Der Professor nickte befriedigt, er wußte, daß er auf dies Versprechen bauen konnte, und während die junge Dame ging, um ihre Skizzenmappe zu holen, trat er zu den beiden Herren und wandte sich an Sir Conway.

»Nun, wie steht es mit Ihrem Adlerfang?« fragte er lachend. »Dort drüben an der Felswand hängt das Nest des Burschen, und seit ich es in der Nähe gesehen habe, begreife ich, daß sich niemand findet, der Ihren Preis verdienen will. Sogar dieser Wagehals, der Adrian Tuchner, läßt nichts von sich sehen und hören. Er hat jedenfalls die Sache aufgegeben.«

»So scheint es!« erwiderte Sir Conway mit unverhohlenem Mißmute. »Es ist wahrscheinlich nur eine Prahlerei gewesen, als er sich dazu erbot.«

»Ich fürchte, es war ihm ernst damit,« nahm Siegbert das Wort. »Das Prahlen ist seine Sache nicht. Ich bin überzeugt, er bringt eines Tages den jungen Adler oder- wir hören von einem Unglück.«

»Ich habe aber ausdrücklich Weisung gegeben, mich über Tag und Stunde des Unternehmens zu unterrichten,« sagte Sir Conway. »Ich wünsche, ihm beizuwohnen, und was hätte der Mann für einen Grund, es mir zu verschweigen?«

»Das weiß ich nicht,« entgegnete Siegbert ruhig, »aber Adrian ist stets gewohnt, seinen eignen Weg zu gehen. Vielleicht will er nicht kaltblütig durch das Fernglas beobachtet werden, wenn er die Fahrt auf Leben und Tod unternimmt.«

Der Vorwurf in diesen Worten war deutlich genug. Der Engländer aber zuckte nur spöttisch die Achseln. »Sie überschätzen die Gefahr, Herr Holm! Die Bergbewohner unternehmen oft genug solche »Fahrten auf Leben und Tod«, wenn es sich um irgendeine verwegene Jagd handelt. *Ihnen* freilich mag ein derartiges Wagnis ungeheuer erscheinen, von Ihnen verlangt ja auch niemand, daß Sie Ihr Leben einsetzen.«

In dem Antlitz des jungen Mannes schlug wieder eins Flamme empor bei diesen verächtlichen Worten, aber jetzt war es die Empörung, die ihm die Glut in die Wangen jagte, und seine Stimme klang in schneidender Schärfe, als er antwortete:

»Im Notfall würde ich mein Leben einsetzen, wenn es das eines anderen gälte,- für die Laune eines anderen wäre es mir allerdings zu kostbar!«

»Sieh, sieh, der Junge macht sich!« murmelte der Professor, ebenso überrascht, als vergnügt über diese Abfertigung. Sir Conway dagegen nahm eine unermeßlich erstaunte Miene an. Er konnte gar nicht begreifen, daß man sich dergleichen gegen ihn herausnahm, und er war mit seiner Verwunderung darüber noch nicht fertig geworden, als Bertold alle weiteren Erörterungen abschnitt, indem er erklärte, es sei die höchste Zeit, aufzubrechen, und man müsse sich fertig machen.

Das geschah denn auch; der Führer wurde herbeigerufen, und die beiden Herren verabschiedeten sich von Alexandrine; während der Professor aber seinem Schüler herzhaft die Hand schüttelte, ignorierte Sir Conway diesen in der beleidigendsten Weise. Er hatte das rechte Mittel gefunden, den jungen Mann aus seiner träumerischen Ruhe zu treiben, denn Siegbert sah ihn mit einem Ausdrucke nach, der selten, vielleicht noch nie in seinem Antlitz erschienen war.

KAPITEL 14

Die Alm lag in sehr bedeutender Höhe, unmittelbar am Fuße der Egidienwand, die wie eine mächtige Felsenkrone den Berg überragte. Beide waren nur durch die schmale, aber tiefe Egidienschlucht getrennt, welche die Bergsteiger umgehen mußten, ehe sie den Weg aufwärts nehmen konnten. Die Sonne war inzwischen höher gestiegen und brannte heiß hernieder auf die Matten. Die anfangs so morgenklare Aussicht begann, sich allmählich zu verschleiern, der heiße Dunst der nahenden Mittagsstunde legte sich auf Täler und Höhen, und hier und da sammelten sich leichte, weiße Wolken um die Häupter der Berge.

»Ich fürchte, gnädiges Fräulein, Sie werden keine günstige Beleuchtung haben, wenn Sie die Aussicht aufnehmen wollen«, sagte Siegbert. »Je höher die Sonne steigt, desto mehr verschleiert sich die Ferne. Nur die Egidienwand ist nahe genug, um sich in voller Klarheit zu zeigen.«

»Ich beabsichtige auch nur, die Wand selbst zu zeichnen,« entgegnete Alexandrine. »Wollen Sie mir einen passenden Standpunkt aussuchen? Nein, ich danke«, wehrte sie ihm hastig, als er ihr die Skizzenmappe abnehmen wollte. »Ich trage sie schon allein. Bitte, nehmen Sie statt dessen mein Plaid!«

Siegbort gehorchte, etwas befremdet darüber, daß die junge Dame darauf bestand, die schwere Mappe allein zu tragen. Er wußte freilich nicht, daß sie auch seine eigenen, so schmerzlich vermißten Skizzen einschloß, die man vor einer zufälligen Entdeckung bewahren wollte!

Der geeignete Platz war bald gefunden. Unter einem jener niedrigen Tannengebüsche, die hier und da den Rand der Matte säumten, wurde ein Rasensitz improvisiert, der den Vorteil hatte, im Schatten zu sein, und anderseits den vollen Ausblick frei ließ. Hier begann die Schlucht, die sich immer mehr verengte, je weiter sie sich in den Berg hinein erstreckte, und gerade da, wo sie endigte, erhob sich das Kreuz, das nur aus Holz gezimmert, aber von riesigen Dimensionen, überall sichtbar und dadurch gewissermaßen zum Wahrzeichen des Berges geworden war. Es war auf einem felsigen Vorsprung, unmittelbar am Rande der Schlucht errichtet, die hier fast senkrecht abfiel, und wenige Schritte seitwärts wand sich der Weg steil empor, der auf die Egidienwand führte. Ernst und dunkel ragte das Wahrzeichen in die sonnige Luft, es hatte ja noch seine besondere, unheimliche Bedeutung gewonnen durch den Unglücklichen, der gerade an dieser Stelle den Tod gefunden. Es mochte allerdings leicht sein, in der Hast und Dunkelheit den schmalen Weg zu verfehlen, und ein Fehltritt brachte hier unabwendbares Verderben.

Alexandrine hatte sich niedergelassen und begann zu zeichnen, während Siegbert neben ihr stand und schweigend die Linien verfolgte, die ihr Stift auf dem Papier zog. Er schien in der Tat keine Idee von den Pflichten eines Kavaliers zu haben, denn er machte nicht den geringsten Versuch, ein Gespräch anzuknüpfen.

»Sie zeichnen nicht, Herr Holm?« fragte die junge Dame endlich. »Freilich, die Landschaft ist ja nicht Ihr eigentliches Fach. Sie haben sich von jeher wohl hauptsächlich dem Porträt zugewendet?«

»Jawohl, gnädiges Fräulein,« war die einsilbige Antwort.

»Ich meine, Sie könnten trotzdem hier oben Ihr Skizzenbuch bereichern. Haben Sie den kleinen Hirtenbuben bemerkt, der mir bei der Ankunft das Pferd abnahm? Ein allerliebstes, keckes Knabengesicht! Ist es Ihnen nicht aufgefallen?«

»In der Tat nein; ich dachte an andere Dinge!«

»Ganz unverzeihlich für einen Künstler! Professor Bertold würde Ihnen sicher einen Vorwurf daraus machen. Ich bin überzeugt, seinem scharfen Auge entgeht nichts Derartiges, und Sie haben sich doch jedenfalls Ihren Lehrer zum Vorbilde genommen, das Sie einst zu erreichen hoffen.«

»Zum Vorbilde allerdings! Aber ich habe nie gehofft, die Meisterschaft eines Bertold zu erreichen.«

»Weshalb nicht?« fragte Alexandrine halb unwillig. »Sein Schüler sollte doch diesen Ehrgeiz haben, sein Lisblingsschüler zumal, und das sind Sie ja doch.«

»Ich war es einst!« sagte Siegbert mit schwerer Betonung. »Und seine Liebe hat er mir nicht entzogen, sonst aber-.« Er brach ab. Was sollten diese Erörterungen der jungen Dame, die er freilich seit Wochen kannte, die ihm aber noch ebenso fern und hoheitsvoll gegenüberstand, als am ersten Tage. Was kümmerte sie das Los eines Fremden! Freilich, sie schien heute zum erstenmal Anteil an diesem Fremden zu nehmen. Ihre Stimme klang so eigentümlich weich, und ihre Augen blickten so fragend ernst zu ihm auf, aber Siegbert kannte zu gut die Gefahr, die ihm von dieser Stimme und diesen Augen drohte, um sie nicht zu fliehen. Er wußte, daß er das Gespräch nicht aus der gewöhnlichen Bahn lenken durfte, wenn er seine Selbstbeherrschung behaupten sollte.

Seine stumme Abwehr wurde verstanden, mißdeutet wurde sie nicht mehr, dafür hatte der Professor mit seiner Mitteilung gesorgt. Aber auch Alexandrine schien für jetzt das Gespräch nicht fortsetzen zu wollen, sie begann wieder zu zeichnen, und das frühere Schweigen trat wieder ein.

Die Alm lag einige hundert Schritte hinter ihnen, und dort eröffnete sich auch die weite Aussicht über das Gebirge mit all seinen Tälern und Höhen, über die Ebene mit ihren Städten und Ortschaften. Die Szenerie aber, die sich vor den beiden auftat, zeigte nur die weltverlorene Einsamkeit des Hochgebirges in ihrer ganzen starren und wilden Größe.

Die kleine, grüne Matte, die sich so eng an die rauhen Felsen schmiegte, war das letzte, was die Natur hier oben ihnen abringen konnte; weiter hinauf wucherte nur Moos und Felsengestrüpp in den Spalten, da erstarb alles Leben in dem eisigen Hauche der Höhe. Nackt und kahl ragten die riesigen Schroffen der Egidienwand empor, wild zerklüftet und zerrissen starrte das zackige Gestein nach allen Seiten. Der gigantische Felskoloß schien in fast greifbare Nähe gerückt zu sein, jede Linie trat scharf und deutlich hervor. Auf den höchsten Spitzen lag weißleuchtend der Schnee, und nur unten über der Schlucht, die wie ein dunkler, klaffender Riß den Berg spaltete, flatterte noch ein leichter Nebelstreif. Das Auge unterschied hier nichts als ein Chaos von Tannen und Felstrümmern, aus denen hin und wieder der weißschäumende Gischt des Wildwassers aufblinkte, das sich dort in der unheimlich dämmernden Tiefe sein Bett wühlte. Die Felswand selbst stand im hellen Sonnenglanz, und darüber wölbte sich klar und wolkenlos der Himmel, aber selbst das blendende Licht vermochte es nicht, dieser Felsenwüste das Tote, Eisige zu nehmen, das wie ein starrer Zauber sie umfing. Der Wildbach, der drüben von der Höhe niederstürzte und sich in der Schlucht verlor, schien das einzige Leben hier oben zu sein, sein einförmig mächtiges Rauschen der einzige Laut, der die Stille unterbrach, sonst regte sich nichts in dieser schweigenden Öde.

Und dort drüben in jener unzugänglichen Felsenburg hatte sich der Adler seinen Horst ersehen. In halber Höhe der Wand, auf einem jener Zacken, die wie versteinerte Riesengebilde in wild phantastischen Formen aufragten, hing das Nest, dem Auge deutlich erkennbar. Unter sich die jähe, schwindelnde Tiefe, über sich Kluft an Kluft, erschien es unerreichbar und unnahbar für Menschenhand.

Alexandrine hatte zu zeichnen aufgehört, sie mochte wohl fühlen, daß die Großartigkeit dieses Bildes sich auch nicht annähernd wiedergeben ließ. »Das also ist der Horst des Adlers!« sagte sie hinüberblickend. »Die Burg, die er sich dort geschaffen hat, ist in der Tat uneinnehmbar.«

»Sir Conway denkt sie doch zu nehmen,« warf Siegbert ein. Es lag noch ein Nachhall der früheren Bitterkeit in den Worten; die junge Dame schien das nicht zu bemerken, sie lächelte nur.

»Im Angesicht dieser Felsen und Klüfte wird er seine Idee wohl aufgeben, er findet auch sicher keinen, der sie ihm verwirklicht. Sir Conway kannte jedenfalls nicht den Umfang der Gefahr, so wenig ich ihn kannte, als ich, halb im Scherz, jenen Wunsch aussprach.«

»Taten Sie das?« fragte Siegbert betroffen. Er konnte sich jetzt die Hartnäckigkeit erklären, mit der Sir Conway an seiner Idee festhielt, und wenn irgend etwas imstande war, den jungen Mann noch mehr zu erbittern, so tat es diese Entdeckung. Alexandrine dagegen, die nur flüchtig von der Sache gehört hatte, ohne die näheren Umstände zu kennen, fuhr unbefangen fort:

»Gewiß! Ich leugne nicht, daß es mir große Freude gemacht hätte, den jungen Adler zu besitzen, der sich in dem Nest befinden soll. Es wäre ja nicht das erstemal, daß es gelänge, ein solches Tier aufzuziehen und zu zähmen.«

»Für den Käfig!« brach Siegbert aus. »Jawohl, da wird der Gefangene gepflegt und gefüttert und ist versorgt sein Leben lang, aber er darf nie mehr die Schwingen regen, nie wieder emporsteigen zum Licht- besser, er wird von der Kugel eines Jägers getroffen! Nein, nein, lassen Sie den jungen Adler frei da oben auf seiner Felsenhöhe, glauben Sie mir,- es ist etwas Hartes um die Gefangenschaft!«

»Haben Sie das vielleicht schon erfahren?« fragte Alexandrine langsam.

»Ich?« Siegbert schrak zusammen. Er hatte in völliger Selbstvergessenheit gesprochen und fühlte erst jetzt, wie jäh und unvermittelt jener Ausbruch gekommen war. »Ich sprach nur aus, was wohl ein jeder fühlt«, setzte er mit sinkender Stimme hinzu.

»Vielleicht,« aber es klang wie der Aufschrei eines Gefangenen, der sich nach der Freiheit sehnt. Der junge Mann schwieg und wandte sich ab.

»Erscheint Ihnen meine Teilnahme zudringlich, Herr Holm? Dann will ich schweigen.«

»Nein, nein!« rief Siegbert aufwallend. Er begriff es nicht, wie die stolze, unnahbare Alexandrine von Landeck auf einmal dazu kam, sich fast gewaltsam seines Vertrauens zu bemächtigen, aber seine Verschlossenheit hielt nicht stand vor der ernsten Frage dieser dunklen Augen, die heute einen so rätselhaft milden und weichen Ausdruck hatten, wie er ihn noch nie darin gesehen.

»Ich glaubte nur, daß das Schicksal eines Fremden Ihnen kein Interesse abgewinnen könnte,« erwiderte er, noch kämpfend mit der alten, scheuen Zurückhaltung.

Alexandrinens Blick ruhte fest auf dem blassen, träumerischen Antlitz des jungen Mannes, als versuche sie, darin zu lesen.

»Ich weiß durch Professor Bertold, daß Sie in beengenden, unwürdigen Verhältnissen festgehalten werden, die Sie und Ihr Talent nicht zur Entwicklung kommen lassen. Weshalb haben Sie sich nicht längst diesen Banden entwunden und sich frei gemacht?«

»Weil ich schwach und feig bin,« sagte Siegbert mit tiefer Bitterkeit. »Wenigstens meint Professor Bertold das. Er hat es mir oft genug anzuhören gegeben, er wird es auch Ihnen gesagt haben, und Sie werden es glauben.«

»Niemals!« rief Alexandrine in einem Tone, von dessen Wärme sie selbst nichts wußte.

»Nicht? Wirklich nicht?«

»Ich glaube, daß Professor Bertold eine große, bedeutende, aber auch eine rücksichtslose Künstlernatur ist, gewohnt, jedes Band zu zerreißen, das ihn hindert. Er hat nur eins im Auge, das Ziel, dem er zustrebt, und fragt nicht danach, was er auf seinem Wege verletzt oder zertritt. Er wird das gleiche auch von Ihnen gefordert haben, und Sie haben es nicht gekonnt.«

»Nein, ich konnte es nicht,« sagte Siegbert mit einem tiefen Atemzuge. »Mein Fräulein, ich möchte wenigstens vor Ihnen nicht als Schwächling dastehen, vor *Ihnen* nicht! Und doch werden Sie es vielleicht am wenigsten begreifen, wie Wohltaten und Dankbarkeit zu einer Kette werden können, die unlösbar, weil sie unsichtbar ist. Man muß das selbst durchgemacht haben, um zu fühlen, wie solche Fesseln jeden Mut lähmen, jede Kraft entnerven, wie sie unerbittlich am Boden festhalten, wenn auch die ganze Seele verzweifelnd empordrängt. Ich habe das siebzehn Jahre lang ertragen,- ich weiß, wie solche Ketten drücken!«

Er hatte in steigender Erregung gesprochen und stieß die letzten Worte mit so leidenschaftlicher Heftigkeit hervor, daß Alexandrine fast erschrak. Sie sah es jetzt, welch ein qualvolles Kämpfen und Ringen sich hinter jener träumerischen Ruhe barg, die sie, wie alle anderen getäuscht hatte.

»Sie danken Ihrem Pflegevater viel?« fragte sie zögernd.

»Ich danke ihm alles, die ganze Existenz, die Erziehung, selbst das Studium, das mir die ersten Schritte auf der Künstlerbahn ermöglichte. Es ist nichts, was ich nicht aus seiner Hand empfangen hätte. Ich war in Armut und Niedrigkeit geboren und hatte im Elternhause nichts kennen gelernt, als das ewige Einerlei des Elends und Schlimmeres noch- die Verbitterung des Elends.

Da starben die Eltern und ließen mich als zehnjährigen Knaben zurück, der nichts besaß als sein Zeichentalent, das die Lehrer über Gebühr lobten. Es erregte die Aufmerksamkeit meines Pflegevaters, und er nahm mich an Kindes Statt an. Aus den tiefsten Entbehrungen wurde ich plötzlich in das reichste und angesehenste Haus der Stadt versetzt, aber ich konnte des Wechsels nicht froh werden. Es wurde mir ja täglich vorgehalten, welch große, überschwengliche Wohltat mir zuteil geworden war, und wie dankbar ich mich dafür zeigen müsse, und das vergiftete mir die Dankbarkeit.«

»Aber, Sie kamen doch zu Professor Bertold,« warf Alexandrine ein. »Sie brachten zwei Jahre bei ihm in der Residenz zu?«

»Ja, es war der einzige Sonnenblick in meinem Leben! Möglich, daß ich damals am Wendepunkte dieses Lebens stand, daß ein rücksichtsloser Entschluß mich emporgeführt hätte. Professor Bertold wollte mich gewaltsam von jenen Verhältnissen losreißen; er forderte den offenen Bruch mit dem Manne, dem ich alles verdankte, und hat es mir noch heute nicht verziehen, daß ich dessen Ruf folgte. Er wußte nicht, wie meine Rückkehr gefordert wurde, mit der Berufung auf meine Kindespflicht, auf meinen schuldigen Gehorsam, mit Klagen, Vorwürfen, Bitten! Mein Pflegevater ahnte ja nicht, welch ein Fluch mir die Abhängigkeit geworden war, er bestand nur auf seinem Rechte. Wäre ich wirklich schwach und feig gewesen, ich hätte mich in den Schutz meines Lehrers geflüchtet, der bereit war, mit seiner ganzen Energie für mich einzutreten. Statt dessen riß ich mich von ihm los, trotzdem ich alles zurücklassen mußte, woran mein Herz hing, trotzdem ich das Leben kannte, das meiner wartete. Wenn das ein Irrtum war,- ich habe ihn schwer genug gebüßt in den letzten vier Jahren!«

Er schwieg, überwältigt von der Erregung. Alexandrine schüttelte leise den Kopf.

»Ich begreife es, daß man Märtyrer seines Pflichtgefühls werden kann, aber Sie taten dennoch unrecht. Mit dem Märtyrertum, mit dem bloßen Dulden, erringt man nichts Großes im Leben, das fordert die volle Kraft und oft genug auch die volle Härte des Charakters. Sie hatten eine Künstlerlaufbahn einzusetzen, und für diese ist die Freiheit so notwendig, wie für uns andere die Luft zum Atmen. Sie mußten und müssen sich diese Lebenslust erkämpfen. um jeden Preis, wenn Sie ein echter Künstler sind!«

– » *Wenn* ich es bin!« sagte Siegbert düster. »Das ist eben die Frage.«

»Halten Sie sich nicht dafür?«

»Nein.« Es war nur ein einziges, kurzes Wort, aber das ganze Weh eines verfehlten und verlorenen Lebens lag in diesem Nein.

Alexandrine erhob sich und trat an seine Seite.

»Da tun Sie sich selbst das schwerste Unrecht, Herr Holm. Wenn Sie nicht an Ihr Talent glauben, so glauben andere daran, und diesen dürfen Sie vertrauen.«

»Wer glaubt an mich?« fragte Siegbert, sie erstaunt anblickend.

»Ihr Lehrer, dessen Urteil Ihnen doch wohl am höchsten steht.«

»Professor Bertold? Unmöglich!«

»Weshalb unmöglich?«

»Weil er sich trotz all seiner Vorliebe für mich doch nie zu einer Unwahrheit herablassen wird. Ich habe bereits sein Urteil über meine letzten beiden Gemälde empfangen. Es war verdient, ich weiß es, aber es hat mich doch vernichtet.«

Alexandrine blickte auf ihre Skizzenmappe nieder, und ihre Stimme gewann eine eigentümliche Unsicherheit, als sie antwortete:

»Ich kenne jene Gemälde nicht, sie mögen verfehlt sein, es ist aber auch von ihnen nicht die Rede. Es handelt sich um gewisse- Studien und Zeichnungen, die Professor Bertolt für genial erklärt.«

»Um Studien? Aber er hat ja nicht einmal einen Blick in meine Skizzen getan, und es war auch nichts darunter, was ich-«

Er hielt inne, denn wie ein Blitz kam ihm auf einmal die Erkenntnis des wahren Zusammenhanges. »Mein Gott, jenes Buch, das ich im Walde verlor- der Professor war dort, er leugnete es mir zwar ab- sollte er es dennoch gefunden haben?«

Alexandrine neigte nur bejahend das Haupt, sie konnte der glühenden Röte nicht wehren, die ihr Antlitz überflutete.

»Und Ihnen hat er davon gesprochen, hat es Ihnen vielleicht sogar-?« Er vollendete nicht, denn er sah es, daß hier nichts mehr zu verbergen und abzuleugnen war, daß Bertold ihn und sein Geheimnis verraten hatte.

Es folgte eine sekundenlange Pause, die mit beklemmender Gewalt auf beiden lastete. Keines sprach, keines wagte zu sprechen, endlich beugte sich Alexandrine zu der Mappe nieder und zog das vermißte Buch hervor.

»Hier sind Ihre Zeichnungen, Herr Holm. Sie wurden mir anvertraut, wollen Sie dieselben von mir zurücknehmen?«

Er nahm das Buch nicht, das sie ihm reichte, sein Auge hing in atemloser Spannung an ihren Zügen. »Aus Ihren Händen! Und Sie zürnen mir nicht? Zürnen diesen Blättern nicht? Es ist nicht meine Schuld, daß Sie davon Kenntnis erhielten, ich hielt sie verborgen, selbst vor Bertolds Augen.«

»Daraus eben macht er Ihnen einen Vorwurf. Er meint-«

»Ich frage nichts danach,« fiel ihr Siegbert ungestüm ins Wort. »Ich frage nur nach Ihrem Urteil und sonst nach nichts auf der ganzen Welt! Sprechen Sie ein Wort, und ich vernichte vor Ihren Augen diese Blätter, vernichte mit ihnen meinen letzten Künstlertraum, mein letztes Sehnen nach Leben und Glück. Sprechen Sie mein Urteil, Alexandrine: ob es auf Leben oder Tod lauten mag,- ich beuge mich Ihrem Spruch!«

Alexandrine hob den gesenkten Blick empor, es schimmerte feucht darin, aber durch diesen feuchten Schleier strahlte ein Glanz, der die Antwort gab, noch ehe ihre Lippen sie aussprachen.

»Sie dürfen diese Skizzen nicht vernichten! Ich will es nicht, aber ich will sie auch nicht in anderen Händen wissen, als in den meinen. Lassen Sie mir das Buch, ich werde es Ihnen zurückgeben, wenn-«

»Wenn-« wiederholte Siegbert mit stockendem Atem, als könne jedes seiner Worte den Zauber zerstören, der ihn wie mit berauschender Gewalt umfing.

»Wenn Siegbert Holm eingelöst hat, was er bis jetzt noch seinem Talent und seiner Zukunft schuldig geblieben ist, wenn er das geworden ist, was sein Lehrer und ich von ihm erwarten, ein wahrer, ein großer Künstler! Dann lösen Sie auch diese Blätter wieder ein, ich- werde sie Ihnen nicht verweigern!«

Ein halb unterdrückter Ausruf des Jubels brach von den Lippen des jungen Mannes. Das Skizzenbuch fiel unbeachtet zu Boden, er selbst aber hatte die Hand der Geliebten ergriffen und drückte stürmisch seine Lippen darauf. Er wußte es ja jetzt, was ihm verheißen war und *was* er zu erringen hatte.

Da löste sich etwas Dunkles von dem grauen Gestein dort drüben und schwebte über den Abgrund hinaus. Es war der Adler, der einige Sekunden lang fast regungslos über der Schlucht hing, die gewaltigen Schwingen weit ausgebreitet, dann begann er langsam zu kreisen, und endlich stieg er in mächtigem Fluge empor. Immer weiter zog er seine Kreise, immer höher hob er sich, über Felsen und Schnee hinaus der Sonne entgegen, als werde er von ihren Strahlen emporgezogen. Bald erschien er nur noch wie ein dunkler Punkt dort oben in unerreichbarer Höhe, und endlich verschwand er ganz im blauen, sonnigen Äther.

»Der Adler!« sagte Siegbert, dessen Augen unverwandt mit einem seltsamen Aufleuchten seinem Fluge gefolgt waren. »Er steigt empor!«

»Zum Lichte!« ergänzte Alexandrine. »Und seine Schwingen tragen ihn über Felsen und Abgründe.«

Siegbert wandte sich zu ihr, sein Blick tauchte tief in den der Geliebten, als suche er dort allein den Mut und die Kraft.

»Sie sollen mich nicht umsonst gerufen haben, Alexandrine. Mein alter Lehrer hatte recht, als er die Mahnung auf Ihre Lippen legte, er wußte es wohl, da würde sie nicht ungehört verhallen. Ich habe gezagt und gezweifelt ein halbes Leben hindurch und der Zweifel an meiner eigenen Kraft hielt mich am Boden. Jetzt will ich es versuchen, ob die Schwingen mich tragen,

und versagen sie,- nun, dann besser im Sturze erliegen, als langsam ersticken in einem Leben,
wie ich es in den letzten Jahren führte.«

»Sie werden nicht erliegen,« sagte Alexandrine stolz und siegesgewiß. »Wagen Sie den Flug!
Nur wer das Höchste wagt, kann das Höchste gewinnen! Ich glaube an Ihren Sieg!«

KAPITEL 15

Kalt und starr wie vorher standen die Felsen, einförmig rauschte der Wassersturz nieder, und wie verloren lag die kleine, grüne Matte inmitten der riesigen Wände. Den beiden aber, die sich hier gefunden, hatte sich ein Eden aufgetan, hoch über der Welt, die so fern unter ihnen lag, in dem stürzenden Wasser, klangen ihnen tausend Verheißungen von Leben und Glück, und die Öde ringsum schien überflutet von goldigem Lichte- sie wußten nicht, floß es vom sonnigen Himmel nieder, oder brach es hervor aus zwei glücklichen Menschenherzen.-

Aber Siegbert und Alexandrine sollten nur zu bald daran erinnert werden, daß sie der Welt und dem Leben nicht entrückt waren. Gerade in diese Stunde drängte sich ein Bild herber, düsterer Wirklichkeit. Drüben auf der Höhe der Egidienwand waren schon seit einiger Zeit drei oder vier Gestalten erschienen, ohne von den beiden bemerkt zu werden, die nur mit sich allein beschäftigt waren. Erst jetzt begannen sie wieder, auf die Umgebung zu achten.

»Da sind unsere Bergsteiger!« sagte Alexandrine, indem sie lächelnd hinaufdeutete. »Ich glaubte nicht, daß sie so schnell den Gipfel erreichen würden.

»Unmöglich!« rief Siegbert. »Sie sind erst seit einer Stunde fort und können kaum die Hälfte des Weges zurückgelegt haben.« Er legte die Hand über die Augen, um sie gegen die Sonnenstrahlen zu schützen, und blickte einige Sekunden lang scharf und spähend hinauf, plötzlich fuhr er auf:

»Allmächtiger Gott, das ist Adrian mit seinen Gefährten! Er läßt nicht ab von dem unsinnigen Wagnis, ich habe es ja gewußt!«

»Adrian Tuchner? Sie täuschen sich, Sie können ihn doch nicht in dieser Entfernung erkennen.«

»Nein, aber ich sehe, daß das dort oben keine Reisegesellschaft ist, die die Aussicht bewundert. Man scheint Vorbereitungen zu treffen. Sehen Sie nur, eben wird etwas in die Tiefe hinabgelassen.«

Alexandrine nahm rasch das kleine Fernglas, das bisher unbenutzt neben ihr gelegen hatte, und blickte hindurch.

»Ich fürchte, Sie haben recht,« sagte sie nach einer Pause. »Die Männer dort oben haben etwas vor, sie führen Stangen und Seile mit sich. Es scheint wirklich Tuchner zu sein, der Tollkühne! Er wagt wahrhaftig sein Leben, um einer Summe Geldes willen!«

Siegbert nahm schweigend das Glas, das sie ihm reichte. Er wußte es, dem Manne da drüben war es nicht um eine bloße Prahlerei zu tun oder um Geldgewinn, wenn er die Fahrt auf Leben und Tod unternahm. Er kämpfte um die verlorene Stellung unter seinesgleichen, und er mochte wohl recht haben mit seiner Behauptung, daß das glücklich ausgeführte Wagnis sie ihm zurückerobern werde. Wer *diesen* Weg unversehrt zurücklegte, den schützte sichtbar eine höhere Macht, und nach dem Glauben des Volkes mußte diese Macht ihren Schutz dem versagen, der eine Blutschuld auf der Seele trug, fühlte doch selbst Siegbert im Angesichte der Gefahr etwas von diesem Glauben.

Das Fernglas, zeigte klar und deutlich Adrians riesige Gestalt, er stand dicht am Abgrunde und schien das Ganze zu leiten, während seine drei Gefährten ihm zur Hand gingen. Man hatte bereits zur Probe ein Seil herabgelassen, jetzt stieg es langsam wieder empor, und die Männer, die augenscheinlich nur den Ausflug des Adlers abgewartet hatten, gingen ans Werk.

»Ich möchte den sehen, der sich da hinunter wagt!« hatte der alte Wendlin gesagt, der seit vierzig Jahren in den Bergen zu Haus war und jeden Schritt auf der Egidienwand kannte. Und jetzt wagte es doch ein Mensch, allein, nur vertrauend auf die eiserne Kraft seiner Muskeln und auf seinen schwindelfreien Blick. Die Männer da oben konnten ihm wenig helfen, sie hielten nur das Seil, das ihn im äußersten Falle vor dem Sturz bewahren sollte, leiten und tragen konnte es ihn nicht, denn der Horst lag nicht unmittelbar an der Wand, sondern seitwärts, in dem Felsenmeere, das sich unter dem höchsten Grat hinzog.

Nur einige zwanzig Fuß war Adrian herabgelassen worden, bis zu einem schmalen Vorsprung, der ihm gerade Raum zum Stehen gewährte. Hier begannen die Klüfte, von hier aus mußte er sich seinen Weg allein suchen, und welchen Weg! Bei jedem Schritte galt es, erst eine Todesgefahr zu überwinden, bei jeder Bewegung gähnte ihn der Abgrund an, und trotzdem ging er vorwärts, mitten durch Felsgeröll und Felsgestrüpp über breite Spalten und Risse hinweg, an steilen Wänden entlang, wo der Fuß kaum eine Hand breit Raum fand, immer vorwärts, dem Ziele entgegen.

Und das Glück schien in der Tat den Tollkühnen zu begleiten. Kein Stein wich unter seinen Füßen, kein Stützpunkt versagte ihm den Dienst. Je näher er dem Horste kam, desto mehr wuchs die Gefahr, die wie mit tausend Armen nach ihm griff, aber sie vermochte nicht, ihn zu erreichen. Kalt und vorsichtig prüfte er jeden Tritt, berechnete er jede Entfernung, der Mann schien in der Tat Sehnen und Muskeln von Stahl zu haben und einen stählernen Sinn, der die Gefahr verlachte.

Endlich war der Horst erreicht, mit einer letzten, kraftvollen Anstrengung gewann Adrian den Fels, auf dem sich das Nest befand, nur wenige Schritte unter ihm, so daß er es mit der Hand erreichen konnte, und hier, auf dem verhältnismäßig breiteren Raume, wo das Gestein ihm überall Stützpunkte gewährte, war er vorläufig in Sicherheit.

Siegbert und Alexandrine waren mit angstvoller Spannung jeder Bewegung gefolgt, jetzt atmeten beide auf, obgleich das Wagnis erst zur Hälfte vollbracht war. Es galt ja noch einmal denselben Weg zurückzulegen, und auf diesem Rückwege war die Gefahr nicht geringer. Adrian verlor indessen keine Zeit, kaum daß er sich eine Minute des Aufatmens und Ausruhens gönnte. Er lehnte sich fest an eine der Zacken, die ihm Halt gewährte, die Knie gegen den Boden gestemmt, beugte er sich nieder und streckte die Hand nach dem jungen Adler aus, der sich in der Tat im Neste befand, und schutzlos dem Räuber preisgegeben war.

Da stieß etwas herab aus der Höhe, mit der Schnelligkeit eines jäh herniederfahrenden Blitzes. Der Stoß traf Adrian mit voller Gewalt und hätte ihn in die Tiefe geschleudert, ohne jene Zacke, an der er sich hielt. Der Adler war zurückgekehrt und eilte seinem bedrohten Jungen zu Hilfe.

Auf dem schmalen Raum, über der schwindelnden Tiefe entspann sich jetzt ein wilder, verzweifelter Kampf zwischen dem riesigen Manne und dem riesigen Tiere. Das Tier kämpfte mit dem Instinkt der Mutterliebe um die Rettung seines Jungen, der Mann kämpfte nur noch um sein Leben.

Wenn Adrian auch eine Waffe bei sich hatte, so konnte er doch kaum Gebrauch davon machen. Er hing ja festgeklammert an dem Fels, bei jeder Bewegung drohte der Sturz und mit ihm unabwendbares Verderben. Dennoch schien er sich zu verteidigen, schien sogar anzugreifen, aber das wütende Ringen dauerte nur einige Minuten. Dann durchschnitt plötzlich ein Schrei die Luft, ein furchtbarer, markerschütternder Schrei, den das Echo der Felswand dumpf, wie mit Geisterstimme zurückgab. Das Seil flatterte lose, zerrissen in der Luft. Mit mächtigem Flügelschlage schoß der Adler zum Horste und breitete schützend seine Schwingen über das gerettete Junge aus, und der Unselige, der es gewagt hatte, die Hand danach auszustrecken, lag zerschmettert drunten in der Egidienschlucht.

Alexandrine hatte die Hand über die Augen gelegt, um das Entsetzliche nicht zu sehen, aber jener Schrei verriet ihr doch, was geschehen war. Siegbert stand an ihrer Seite, auch er war totenbleich, aber er hatte nicht einen Moment lang den Blick abgewendet, und jetzt stürzte er vorwärts nach dem Rande der Schlucht und beugte sich hinüber.

»Um Gottes willen, nicht so nahe!« rief Alexandrine angstvoll. »Seien Sie vorsichtig! Sie können von hier oben nichts entdecken.«

Siegbert hatte sich bereits wieder emporgerichtet, seine Stimme bebte, aber in seinem Antlitz stand ein Zug ungewohnter Energie und Entschlossenheit.

»Nein, von hier ist nichts zu sehen, die Tannen hindern den Einblick. Ich muß hinunter!«

»Was wollen Sie?« fragte Alexandrine, die ihren Ohren nicht traute.

»Hinunter in die Schlucht!«

»Sind Sie von Sinnen? Wollen Sie das eigene Leben wagen, um eines Toten willen? Er muß ja zerschmettert sein bei dem Sturz aus dieser Höhe. Sie kommen in jedem Falle zu spät.«

»Wer weiß! Vielleicht haben die Tannen ihn aufgefangen, vielleicht kann noch Hilfe gebracht werden, und es dauert Stunden, ehe die Männer dort oben herabkommen. Hier ist der einzige Punkt, von wo es möglich ist, in die Schlucht zu dringen. Ich will es wenigstens versuchen.«

Alexandrine stand bereits an seiner Seite und blickte gleichfalls hinab. Es war allerdings möglich, von hier aus in die Schlucht niederzusteigen, die von allen anderen Stellen fast senkrechte Wände zeigte, aber auch eben nur *möglich*. Der Abhang senkte sich hier nicht so jäh, und Felstrümmer und Tannenwurzeln bildeten eine Art von Stufen. Aber ohne die dringendste Not wagte gewiß niemand diesen Weg in die Tiefe, und ein Fremder, der des Steigens ungewohnt war, unbekannt mit all den Hilfsmitteln der Bergbewohner, setzte vielleicht sein Leben dabei auf das Spiel.

»Wir wollen die Leute aus der Sennhütte herbeirufen«, sagte Alexandrine, die jetzt ihre Besonnenheit zurückgewann. »Sie werden am besten wissen, was hier not tut.«

»Ja, tun Sie das!« stimmte Siegbert bei. »Ich gehe voran!« Damit setzte er den Fuß auf den Rand der Schlucht, und machte Miene, hinabzusteigen, aber in derselben Minute hatte Alexandrine auch schon seinen Arm ergriffen und riß ihn zurück.

»Siegbert!«

Es war ein Ruf der Todesangst, aber auch der vollsten Zärtlichkeit. Siegbert hielt inne, er blieb gebannt stehen, als er seinen Namen zum erstenmal von diesen Lippen, in diesem Tone hörte. Mit beiden Händen umschloß er die bebende Rechte der Geliebten.

»Alexandrine, ängstigen Sie sich um mich?«

Ein heißer Tränenstrom stürzte aus ihren Augen, und, alles vergessend, nur ihrer Angst Gehör gebend, rief sie außer sich:

»Gehen Sie nicht, Siegbert- ich ertrage es nicht, wenn Sie stürzen!«

Ein Aufleuchten des Glückes flog über die Züge des jungen Mannes, und er preßte heiß und innig seine Lippen auf die Hand, die er noch in der seinigen hielt, dann aber richtete er sich empor.

»Haben Sie Dank für diese Worte! Sie werden mich beschützen auf meinem Wege. Lassen Sie mich hinunter! Ich *kann* nicht untätig warten hier oben, während dort unten vielleicht ein Mensch im Todeskampfe ringt- ich kann es nicht! Schicken Sie mir Hilfe nach und leben Sie wohl!«

Er ließ ihre Hand los, und ehe sie es verhindern konnte, hatte er sich über den Rand der Schlucht geschwungen und stand bereits auf der obersten Felsstufe. Alexandrine machte auch keinen Versuch mehr, ihn zurückzuhalten. Es war etwas in dieser aufflammenden Energie des jungen Mannes, in diesem rücksichtslosen Einsetzen des eigenen Lebens für ein anderes, was ein Echo in ihrer Brust fand, was sie trotz aller Angst mit Stolz und Freude erfüllte. Weit übergebeugt, die Hände gegen die Brust gepreßt, folgte ihr Auge dem Niedersteigenden, der bald zwischen den Tannen verschwand, bald wieder auftauchte. Im Angesicht der Gefahr schien alle Träumerei von Siegbert gewichen zu sein, fest und sicher klomm er nieder, ohne ein einziges Mal zu schwanken oder zu zögern. Jetzt stand er auf dem letzten vorspringenden Felsstück und ein gewagter Sprung trug ihn hinunter auf den Boden der Schlucht.

Ein lautes »Gott sei Dank!« rang sich von Alexandrinens Lippen, und jetzt erst eilte sie beflügelten Fußes nach der Alm, um deren Bewohner zur Hilfe aufzurufen.

Unten in der düsteren Tiefe, dicht neben dem brausenden Wildwasser, das über seine Füße hinwegschäumte, lag der Gestürzte, und Siegbert, der ihn eine Strecke seitwärts aufgefunden hatte, hielt sein Haupt auf den Knien. Die Tannen, die den Unglücklichen aufgefangen, hatten ihn nicht halten können. Er hatte im Sturz ihre Zweige durchbrochen, aber eben deshalb erfolgte der Sturz nicht mit voller Macht. Es war noch Leben und Bewußtsein in dem blutenden, zerschmetterten Körper. Siegbert sah es, daß hier auch nicht die fernste Möglichkeit einer Rettung vorhanden war, dennoch versuchte er es, dem Sterbenden einen Trost zu geben, an den er selbst nicht glaubte.

»Mut, Adrian, die Hilfe ist schon unterwegs! Fassen Sie Mut, wir werden Sie retten!«

Adrian blickte in das Antlitz, das sich im schmerzlichen Mitleid über ihn beugte. Vielleicht hatte er noch Bewußtsein genug, um zu erraten, was der junge Mann um seinetwillen gewagt hatte, aus seiner schwer arbeitenden Brust rangen sich noch einzelne Worte hervor.

»Mir hilft keiner mehr!- Aber Sie sind bei mir, Herr Siegbert! Sie- ich dank' Ihnen!«

Er machte eine Bewegung, als wolle er sich aufrichten. Siegbert erriet das Verlangen des Sterbenden, der sich mit letzter Kraft dem Tageslichte zuwandte. Er hob leise seinen Kopf empor und gab ihm die Richtung nach oben.

Es war nur ein kleines Stück Himmel, das zwischen den hohen Felsen sichtbar blieb, und jetzt, wo die Sonne ihren höchsten Stand erreicht hatte, verlor sich einer ihrer Strahlen bis in die finstere Schlucht; er schimmerte goldig wie ein letzter Gruß des Lebens an den, der für immer vom Leben Abschied nahm. Aber auf diesem tiefblauen, sonnendurchleuchteten Himmel, in diesen goldigen Strahl zeichnete sich scharf und dunkel das Kreuz ab. Es stand gerade über jener Stelle und blickte wie drohend herab von seiner felsigen Höhe.

Adrians Blick traf diesen Punkt, und ein dumpfer Aufschrei des Schreckens, des Entsetzens entrang sich seiner Brust. Er bäumte sich auf, als wollte er jenem Anblick entfliehen, und versuchte, die Hände vor das Antlitz zu schlagen, aber die zerschmetterten Glieder versagten ihm den Dienst. Wie festgekettet lag er da, unfähig, sich zu regen, und hoch über ihm blickte das Kreuz geisterhaft nieder in seinen Todeskampf.

Siegbert sah das, und zum erstenmal wehte es ihn an, wie Grauen und Entsetzen vor dem Manne, den er in seinen Armen hielt.

»Adrian,« sagte er angstvoll. »Hören Sie mich?«

Adrian hörte nicht mehr; die Menschenstimme vermochte es nicht mehr, sein Ohr zu erreichen, aber es war ein Ausdruck grenzenloser Todesangst und Todesqual in seinen Zügen, während sein Auge starr und unverwandt an jenem Punkte hing, der es mit dämonischer Gewalt festzuhalten schien.

»Das Kreuz!« stöhnte er. »Dort oben- Gott sei-«

Seine Stimme erstarb, und seine Augen brachen unter der eisigen Hand des Todes, die sich schwer auf ihn niedersenkte, das Haupt sank zurück- es war vorüber.

Siegbert legte leise seine Hand auf diese Augen, die selbst im Tode noch den Ausdruck starren Entsetzens behielten, und, sie schließend, vollendete er in tiefster Erschütterung:

»Dir gnädig!«

KAPITEL 16

Auf dem Wege, der von dem kleinen Bergorte nach dem Hotel führte, schritten der Professor und Siegbert dahin. Man hatte heute morgen die Leiche des Verunglückten von der Alm herunterbringen wollen, und die beiden Herren waren in dem Städtchen gewesen, um zu hören, ob dies in der Tat geschehen sei.

»Es ist und bleibt eine unheimliche Geschichte!« sagte Bertold, »und bei dem schlimmen Ausgang, den sie genommen hat, wird sie nun vollends zur Sage der ganzen Umgegend werden. Was war das gestern für ein Raunen und Flüstern unter den Leuten auf der Alm, und das Volk hier im Orte tut nun gar, als hätte sich ein Stück Weltgericht vor seinen Augen vollzogen! Als ob es ein Wunder ist, wenn jemand, der eigens darauf ausgeht, sich den Hals zu brechen, ihn schließlich bricht! Ein Wunder wäre es gewesen, wenn dieser Adrian Tuchner unversehrt davongekommen wäre. Was meinst du, Siegbert, hältst du ihn für schuldig?«

»Ich meine, daß man dem Unglücklichen die Ruhe in seinem Grabe gönnen soll«, entgegnete Siegbert in einem Tone, der seine tiefe Bewegung verriet. »Der Tod endigt und versöhnt alles! Wozu den Schleier heben, den er darüber gebreitet hat.«

»Ganz recht, lassen wir den Toten ruhen«, stimmte der Professor bei, der sich überhaupt nicht gern mit traurigen Ereignissen beschäftigte. »Was übrigens die Neigung betrifft, sich den Hals zu brechen, so hast du sie gleichfalls in sehr bedenklicher Weise kundgegeben. Mir und dem Führer standen die Haare zu Berge, als wir es drüben von der Egidienwand mit ansahen, wie du auf Leben und Tod in die Schlucht hinunterfuhrst, und Sir Conway riß seine wasserblauen Augen noch einmal so weit auf als gewöhnlich. Warum hast du denn nicht gewartet, bis die Leute von der Alm zur Hilfe herbeikamen? Du allein konntest doch den Gestürzten nicht aus der Schlucht heraufbringen.«

»Nein, aber ich konnte wenigstens bei ihm sein in seinem Todeskampfe. Es ist furchtbar, allein und verlassen zu sterben, in einer düsteren Felsschlucht, ohne ein Menschenantlitz zu sehen und eine Menschenstimme zu hören!«

»Deswegen riskiert man aber doch nicht das eigene Leben. Du warst gestern überhaupt in einer ganz merkwürdigen Stimmung. Was du dem Sir Conway an der Leiche des armen Burschen, den er allerdings auf dem Gewissen hat, sagtest, war von einer Schärfe, die ich dir gar nicht zugetraut hätte.«

»Und seine Erwiderung war eine Unverschämtheit!« rief Siegbert mit blitzenden Augen.

Der Professor zuckte die Achseln. »Mag sein! Ihr hattet nicht übel Lust, aneinander zu geraten. Es war ein Glück, daß ich dazwischen trat und euch noch zu rechter Zeit trennte.«

In dem Gesichte des jungen Mannes zeigte sich eine gewisse Verlegenheit bei der Bemerkung. Er schien etwas erwidern zu wollen, aber nicht die rechten Worte dafür zu finden, und vorläufig kam es auch nicht dazu, denn urplötzlich packte Bertold den Arm seines jungen Begleiters und zog ihn fast gewaltsam an sich.

Siegbert sah ihn erstaunt an, aber der Professor wußte, weshalb er ihn festhielt. Sie passierten gerade die Brücke, die an dieser Stelle über die Ache führte, und nach der Meinung des alten Herrn war jetzt entschieden ein Verzweiflungssprung zu besorgen. Die Katastrophe hatte gestern stattgefunden, das wußte er, aber Alexandrine zeigte sich ungemein einsilbig und zurückhaltend. Sie hatte nur erklärt, Siegbert habe versprochen, sich zu einem Entschluß aufzuraffen und sich frei zu machen, mehr konnte der Professor trotz all seines Forschens und Drängens nicht erfahren, und seinem Schüler wagte er nicht mit Fragen zu nahen. Er hatte sonst wenig Respekt vor der Seelenstimmung anderer, aber dem blassen Antlitz und den düsteren Augen seines Lieblings gegenüber fühlte er doch einige Gewissensbisse. Der arme Junge litt offenbar schwer unter der bitteren Arznei, mit der man ihn heilen wollte. Er hatte auch mit keiner Silbe die Rückgabe jenes Skizzenbuches erwähnt, vermutlich war Alexandrine sehr schonungslos gewesen, da fühlte sich der Professor verpflichtet, ihn um so mehr zu schonen, und vor allen Dingen festzuhalten, was denn auch geschah.

In Siegberts Antlitz lag in der Tat heute etwas Tiefernstes, sogar Düsteres. Vielleicht war es noch ein Nachhall des schrecklichen Ereignisses, vielleicht auch etwas anderes, denn nachdem sie einige Minuten schweigend weiter gegangen waren, begann der junge Mann plötzlich:

»Herr Professor- ich habe eine Bitte an Sie.«

»Nun, so sprich sie aus«, sagte Bertold, der ihn noch immer festhielt, denn der Weg führte noch eine Strecke am Rande der Ache entlang.

Trotz dieser Ermutigung zögerte Siegbert und blickte vor sich nieder.

»Es ist mir sehr peinlich, daß ich gerade Sie damit behelligen muß, aber ich bin so ganz isoliert hier und kenne niemand, dem ich mich anvertrauen möchte. Es handelt sich um einen Freundesdienst.«

Der Professor wurde aufmerksam. »Das klingt ja ganz feierlich! Freundesdienst? Herzlich gern, aber was willst du denn eigentlich?«

»Ich wollte Sie bitten, mich morgen früh zu begleiten- nach der kleinen Waldwiese- ich habe dort ein Zusammentreffen verabredet.«

Bertold ließ den Arm des jungen Mannes los und blieb stehen.

»Was soll das heißen? Mit wem willst du dort zusammentreffen?- Willst du dich etwa schlagen?«

»Ja«, sagte Siegbert ruhig.

»Mit diesem verwünschten Engländer? Ich brachte euch ja gestern glücklich auseinander. Hat er dich etwa noch nachträglich gefordert?«

»Nein,- aber ich forderte ihn!«

Bertold prallte zurück. » *Du* hast *ihn* gefordert? Junge, hast du den Verstand verloren?«

»Soll ich mich etwa ungestraft beleidigen lassen?« fragte Siegbert mit zuckenden Lippen. »Soll ich mich hochmütig und verächtlich zurechtweisen lassen, wie ein Schulknabe, und das noch dazu vor den Augen des Fräulein von Landeck? Ich bin gestern einzig Ihrer Autorität gewichen, und an der Leiche Adrians war auch nicht der Ort, wo die Sache zum Austrag gebracht werden konnte. Heute morgen aber habe ich von Sir Conway die Zurücknahme jener Beleidigung verlangt. Er verweigerte sie,- also blieb nur eine Entscheidung übrig.«

Der Professor stand da und starrte seinen schüchternen, sanftmütigen Schüler an, der von dem Duell wie von einer selbstverständlichen Sache sprach. Er konnte sich das Ganze offenbar nicht erklären, plötzlich aber fiel ihm ein, es sei nur ein Verzweiflungsschritt des jungen Mannes, der dies Ende dem Sprunge in die Ache vorziehe, und, ganz erfüllt von dieser Vorstellung, sagte er diktatorisch:

»Daraus wird nichts!«

»Herr Professor!« fuhr Siegbert auf, aber der Herr Professor schnitt ihm das Wort ab.

»Denkst du, ich werde einen derartigen Unsinn zulassen und es ruhig mit ansehen, wie du dir das Vergnügen machst, dich von diesem Engländer totschießen zu lassen? Er ist ein ausgezeichneter Schütze, das weiß ich, und du hast noch nie eine Pistole in der Hand gehabt. Kurz und gut, ich verbiete dir dies lebensgefährliche Amüsement. Ich werde allerdings zu Sir Conway gehen, aber nicht als dein Sekundant, sondern um die Sache gütlich beizulegen.«

»Das werden Sie nicht tun!« sagte Siegbert, sich hoch und fest aufrichtend. »Ich allein kann beurteilen, was ich von einem Fremden hinnehmen darf und was nicht. Wenn ich mich für beleidigt erkläre, so ist das meine Sache, und wenn Sie versuchen sollten, das Duell zu verhindern, so werden wir uns zu einer anderen Zeit und an einem anderen Orte treffen. *Verbieten* lasse ich mir dergleichen nicht. Ich glaubte nicht, daß Sie mich der Tyrannei meines Pflegevaters nur deshalb entreißen wollen, um mich dafür unter Ihren Willen zu beugen.«

»Das ist ja eine förmliche Kriegserklärung!« brauste der Professor auf. »Wo hast du denn auf einmal das Rebellieren gelernt? Noch vorgestern, habe ich dich als geduldiges Opferlamm gepriesen, und heute benimmst du dich wie ein wütender Löwe und willst absolut Blut vergießen. Bist du verhext worden da oben auf der Egidienwand?«

Der junge Mann schien in der Tat, wenn auch nicht das Rebellieren, so doch den Widerstand gegen die ungerechte Hitze seines Lehrers gelernt zu haben, denn er antwortete mit ruhiger Festigkeit:

»Ich bin nur zur Selbständigkeit erwacht, und gerade Sie waren es, der mir fortwährend predigte, daß ich mich gegen Zwang und Bevormundung auflehnen müsse.«

»So? Und bei mir machst du den Anfang damit? Das ist ja recht freundschaftlich!«

Siegbert trat zu dem erzürnten Manne und legte die Hand auf seinen Arm, während er ihm ernst und bittend in das Auge sah.

»Herr Professor- habe ich unrecht?«

»Nein- du hast recht, Junge!« rief der Professor, der urplötzlich vom hellsten Zorn in den vollsten Enthusiasmus umschlug. »Du hast ganz recht! Laß dir nichts gefallen, auch von mir nicht. Es ist wahr, dieser Sir Conway ist unverschämt gegen dich gewesen, und wenn du dich mit ihm schlagen willst, so schlage dich, und wenn ich es dir zehnmal verbiete. Übrigens tue ich das jetzt nicht mehr, im Gegenteil, ich werde dein Sekundant sein. Ich denke, der Himmel wird doch ein Einsehen haben, und dich nicht gerade jetzt fallen lassen, wo du endlich anfängst, für die Erde brauchbar zu werden!«

Und den Arm um die Schulter des jungen Mannes legend, zog er ihn mit sich fort.

KAPITEL 17

Es war am Vormittag des nächsten Tages. Herr Bürgermeister Eggert ging in seinem Zimmer mit großen Schritten und großer Entrüstung auf und nieder und machte seinen Gefühlen seiner Frau und Fränzchen gegenüber, die noch beim Frühstück saßen, Luft.

»Das geht zu weit! Ich nehme gewiß die höchste Rücksicht auf die Berühmtheit und die Stellung eines Meisters wie Bertold, aber das geht wirklich zu weit. Er scheint Siegbert als sein ausschließliches Eigentum zu betrachten, über das er nach Belieben verfügt. Vorgestern nimmt er ihn mit auf die Egidienwand, trotzdem ich von Anfang an dagegen war. Es passieren da schreckliche Dinge: der Wagehals, der Adrian Tuchner, stürzt vom Fels, Siegbert klettert ihm nach in die Schlucht.«

»Er hätte sich dabei das Genick brechen können«, schaltete Frau Eggert ein.

»Oder den Arm!« rief ihr Gatte, für den diese Alternative die schlimmere zu sein schien. »Den rechten Arm, und dann wäre es mit dem Malen vorbei gewesen! In meiner Gegenwart passieren solche Dinge nicht, und ich nehme mir nun auch vor, Siegbert nicht aus den Augen zu lassen. Statt dessen nimmt ihn der Professor so vollständig in Beschlag, als ob wir überhaupt gar nicht da wären. Gestern hat er ihn kaum von seiner Seite gelassen; bis gegen Mitternacht waren sie zusammen, und als ich heute früh in Siegberts Zimmer trete, um ihn ernstlich darüber zur Rede zu stellen, tritt wieder der Herr Professor ein und sagt im unhöflichsten Tone: »Lassen Sie den Jungen in Ruhe! Quälen Sie ihn nicht mit Ihren Redensarten. Wir haben ganz andere Dinge im Kopfe, und übrigens brauche ich den Siegbert jetzt notwendig. Wir empfehlen uns Ihnen, Herr Bürgermeister. Damit nimmt er *meinen* Sohn am Arm, geht mit ihm davon, und ich bleibe stehen.«

»Ja, dieser große Künstler hat bisweilen etwas recht Gewaltsames an sich«, meinte Frau Eggert, die schon Zeugin davon gewesen war, wie der »große« Künstler ihren Gemahl zuerst grob behandelte und dann stehen ließ. Der letztere aber schien sich noch immer nicht an diese Methode gewöhnt zu haben, denn er fuhr in wachsender Empörung fort:

»Das soll und muß ein Ende nehmen! Wir wollten zwar noch acht Tage hier bleiben, aber unter diesen Umständen halte ich es doch für besser, wenn wir den Aufenthalt abkürzen. Siegbert findet sonst noch Geschmack an dem Ungehorsam, der ihm täglich und stündlich gepredigt wird. Wir reisen morgen ab.«

»Ach ja, Papa, wir wollen abreisen!« fiel Fränzchen beinahe stürmisch ein. »Ich sehne mich so nach Hause!«

Der Bürgermeister war sehr gerührt über dies Heimatsgefühl seiner Tochter. Er wußte nicht, daß diese wahrhaft erschütternde Sehnsucht in engster Wechselwirkung stand mit jenem rührenden Dichterschmerz im »Wiesenheimer Tagesboten«, der noch immer auf dem Grunde des Koffers ruhte. Aber auch Eggert selbst begann sich fortzusehnen aus der ewigen Bergwelt, in der man ihn so schnöde behandelte, nach dem gemütlichen Wiesenheim, wo der erste Würdenträger und reichste Mann der Stadt sicher war, einen unbedingten Respekt zu finden. Die Abreise wurde also unter allseitiger Zustimmung beschlossen.

Während die bürgermeisterliche Familie mit ihren Reiseplänen und Reisevorbereitungen beschäftigt war, kamen Siegbert und der Professor aus dem Walde und näherten sich langsam dem Hause. Der Himmel schien in der Tat das nötige Einsehen gehabt zu haben, denn der junge Mann war unverletzt, und das vergnügte Aussehen Bertolds verriet, daß das Duell auch andererseits ohne schwere Folgen verlaufen war.

»Das wäre abgemacht!” sagte er. "Ich mache dir mein Kompliment, Siegbert. Da hast gestanden wie eine Mauer und kaum mit der Wimper gezuckt, als die Kugel an dir vorbeisauste. Für einen Anfänger hast du auch gar nicht so übel geschossen. Dem Sir Conway kostet die Geschichte aber einen neuen Hut; deine Kugel ging gerade mitten durch.”

»Es war ein Glück, daß ich ihn nicht traf‘, sagte Siegbert leise und wie beschämt. "Ich würde mir später doch einen Vorwurf daraus gemacht haben, denn er hat- in die Luft geschossen.”

»Meinst du?« fragte Bertold betroffen.

»Ich bin davon überzeugt. Ein so vortrefflicher Schütze, wie er, fehlt nicht, wenn er nicht fehlen will. Die Art, wie er mir später die Hand reichte, verriet mir, daß es seine Absicht gewesen war, mich zu schonen.«

»Ja, du hast ihm Respekt beigebracht, das zeigte sein ganzes Auftreten heute, und ich glaube sogar, daß ihm die Geschichte mit dem Adrian Tuchner näher geht, als er für gut findet, zu zeigen. Doch, da sind wir schon am Hause! Für heute mußt du dich noch ausruhen nach all der Erregung, aber morgen unternehmen wir gemeinschaftlich den Sturm auf Wiesenheim. Es bleibt doch dabei, daß du offen und rückhaltlos mit deinem Pflegevater sprichst?«

»Das tue ich noch heute,« erklärte Siegbert entschlossen, »aber ich bitte Sie, es mir allein zu überlassen. Ich muß mich selbst aus den Banden lösen und werde es tun.«

Der Professor schüttelte bedenklich den Kopf. »Wenn du nur fest bleibst! Der Kugel hast du vorhin standgehalten wie ein Held, ob du aber den Bitten und Vorwürfen deiner Pflegeeltern standhältst, ist noch die Frage. Für eine Natur wie die deinige ist dies Feuer jedenfalls das schlimmere, und sie werden Himmel und Erde in Bewegung setzen, um dich zu halten.«

Über das Gesicht des jungen Mannes flog ein helles Aufleuchten, während seine Augen halb unbewußt ein gewisses Balkonfenster des Hauses suchten und fanden.

»Fürchten Sie nichts! *Jetzt* gehe ich vorwärts, ohne zu schwanken und zu zögern. Ich will nur erst in meinem Zimmer die Briefe vernichten, die ich für den Fall eines unglücklichen Ausganges schrieb, dann suche ich sofort meinen Pflegevater auf. Es wird ein schwerer Gang, ich weiß es, aber ich weiß auch, was für mich auf dem Spiele steht. Sie sollen mit mir zufrieden sein.«

Er reichte seinem Lehrer herzlich die Hand und trat in das Haus. Bertold sah ihm erstaunt, aber mit höchster Befriedigung nach.

»Der Junge ist ja ganz außer Rand und Band!« brummte er vor sich hin. »Wie lange ist es denn her, daß ich ihn hier abkanzelte als einen unverbesserlichen Träumer, der keinen Funken von Kraft und Energie in sich hatte? Ich sage ja, solch eine unglückliche Liebe ist Goldes wert bei einem Künstler. Jetzt gilt es aber noch, ihm über die erste Zeit der Verzweiflung hinwegzuhelfen, denn seine augenblickliche Ruhe täuscht mich ganz und gar nicht. Ich werde mein möglichstes tun, ihm die Sache aus dem Kopfe zu bringen.«

Mit diesem Vorsatze schwenkte der Professor seitwärts nach den Waldanlagen, wo er den Präsidenten von Landeck erblickte. Zufällig hatte aber auch Siegbert denselben bemerkt und deshalb vorgezogen, nicht direkt nach seinem Zimmer zu gehen, sondern sich bei Fräulein von Landeck melden zu lassen, die er jetzt allein wußte. Die beiden alten Herren, die so harmlos in den Anlagen promenierten und und plauderten, hatten keine Ahnung von diesem Besuch und noch weniger von dem, was dabei verhandelt wurde. Als aber Siegbert die junge Dame verließ, strahlte sein Antlitz von einer so unverkennbaren Glückseligkeit, daß der Vorsatz seines Lehrers, ihn der Verzweiflung zu entreißen, einigermaßen überflüssig erschien.

KAPITEL 18

Die Wohnung des Bürgermeisters Eggert lag im zweiten Stockwerk des Hotels, und die Fenster derselben öffneten sich auf eine Galerie, die an dieser Seite des Hauses entlang lief und dicht mit wildem Wein berankt war. Auf dieser Galerie nun stand eine Stunde später der Professor Bertold, der es nach reiflicher Überlegung doch für gut befunden hatte, wenn auch inkognito, der entscheidenden Unterredung beizuwohnen. Er traute der Festigkeit Siegberts noch immer nicht recht und wollte für alle Fälle als Hilfskorps in Bereitschaft stehen. Daß er dabei zum Horcher werden mußte, störte seine Seelenruhe nicht im mindesten, denn übertriebenes Zartgefühl gehörte bekanntlich nicht zu seinen Fehlern. Er hatte dicht neben einem der offenen Fenster Posto gefaßt, wo herabhängendes Weinlaub ihn verbarg, während er alles hören konnte, was im Zimmer vorging.

Dort fand in der Tat eine Szene statt, die mit jeder Minute stürmischer wurde. Frau Eggert und Fränzchen bildeten eine Art von Tribunal, bei dem das Familienoberhaupt als Ankläger und Richter in einer Person figurierte, und vor diesem Gerichtshofe stand der Schuldige, dessen Erklärung mit der Gewalt einer platzenden Bombe in die Familie gefallen war.

»Bist du denn ganz und gar von Sinnen?« eiferte der Bürgermeister, »oder habe ich nicht recht gehört? Du weigerst dich, mit uns nach Wiesenheim zurückzukehren. Du willst den Professor Bertold nach Italien begleiten? Und das habt ihr beide allein unter euch abgemacht, ohne mich zu fragen! Freilich, er hat ja schon einmal versucht, dich uns zu entfremden, jetzt beginnt das alte Spiel von neuem. Nicht einen Tag, nicht eine Stunde hätte ich dich in seiner Nähe lassen dürfen. Er machte ja gar kein Hehl aus seinen Absichten, aber ich glaubte, deiner unbedingt sicher zu sein. Ich baute auf deine Anhänglichkeit, auf deine Dankbarkeit, und sehe nun, wie schmählich ich mich getäuscht habe.«

»Du tust mir unrecht, Papa!« entgegnete Siegbert in einem Ton, dem man es anhörte, wie schwer er unter diesen Vorwürfen litt. »Ich bin nicht undankbar, du weißt, daß ich damals gehorsam deinem Rufe gefolgt bin, als du mich mitten aus meinen Studien zurückriefst, aber du weißt nicht, was es mich gekostet hat. Glaube mir, auch jetzt wird der Entschluß mir schwer genug, weil ich fühle, daß er dich kränken muß, aber ich sehe die Unmöglichkeit ein, unter den bisherigen Umgebungen und Verhältnissen irgend etwas zu leisten. Ich bitte dich, im Namen all des Guten, das ich von dir empfange habe, gib mir die Erlaubnis, Professor Bertold zu begleiten. Es ist eine Lebensfrage für mich!«

»Viel zu zahm!« kritisierte draußen der Professor mit unzufriedener Miene. »Er denkt es wahrhaftig mit Bitten und vernünftigen Vorstellungen durchzusetzen. Dem Mann muß man ganz anders kommen, bei dem hilft nur Grobheit!«

Die warme, innige Bitte seines Pflegesohnes schien in der Tat die Hartnäckigkeit des Bürgermeisters nur zu steigern; er rief in höchster Erbitterung:

»So! Also eine Lebensfrage ist es für dich, uns zu verlassen,- das Haus, in dem du als Waise aufgenommen wurdest, die Menschen, die dich aus Armut und Niedrigkeit zu Reichtum und Ansehen erhoben? Siebzehn Jahre lang habe ich dich wie meinen eigenen Sohn gehalten, siebzehn Jahre lang habe ich alle nur möglichen Wohltaten auf dein Haupt gehäuft, und nun dankst du mir so?«

»Papa, ich bitte dich, nicht solche Worte!« unterbrach ihn Siegbert in qualvollster Erregung, aber der Pflegevater fuhr nur noch heftiger fort:

»Und du wagst es sogar, meine Erlaubnis zu dieser Trennung zu erbitten? Nie und nimmermehr gebe ich sie dir. Wir reisen morgen ab. Du wirst uns nach Wiesenheim begleiten. Du wirst dort bleiben, und ich werde dafür sorgen, daß der gefährliche Einfluß des Herrn Professor dich in Zukunft nicht mehr erreichen kann.«

»Dieser verwünschte Despot und Bürgermeister!« murmelte der Professor draußen ingrimmig. »Er soll es nur versuchen, mir den Jungen noch einmal zu nehmen! Diesmal mache ich ernst und drehe ihm und seinem ganzen Neste den Hals um.«

Der herrische, rücksichtslose Befehl schien indes auch auf Siegbert seine Wirkung zu üben. Seine Stimme klang ruhiger und fester, als er antwortete:

»Dann mußt du es verzeihen, wenn ich dir in diesem Falle ungehorsam bin. Es handelt sich hier um meine Laufbahn und um meine Zukunft. Ich kann und will nicht zum zweitenmal die Hand zurückstoßen, die mir beides öffnet; Professor Bertold hat mein Wort, daß ich ihn begleite, und ich werde es halten. Ich brauche die Freiheit,- in diesem Leben aber ersticke ich!«

Die letzten leidenschaftlich hervorgestoßenen Worte, die wieder wie der »Aufschrei eines Gefangenen« klangen, erregter endlich die Zufriedenheit des Inkognito-Zuhörers.

»Recht so!« brummelte er vor sich hin. »Sage ihnen einmal ordentlich die wahrheit, aber wütender- wütender! Du bist noch immer viel zu sanftmütig.«

Drinnen im Zimmer aber hatten jene Worte einen Sturm der Entrüstung hervorgerufen, an dem sich auch Frau Eggert und Fränzchen beteiligten, aber das Familienoberhaupt überschrie sie beide. Von allen Seiten stürmten jetzt die bittersten Vorwürfe, die herbsten Anklagen auf den jungen Mann ein, der das eine Zeitlang schweigend über sich ergehen ließ, Aber es war nicht mehr jenes mutlose und wehrlose Schweigen, das er sonst derartigen Vorwürfen entgegensetzte. Sein Stirn begann sich immer dunkler zu röten, in seinen Augen leuchtete es immer drohender, auch bei ihn war augenscheinlich ein Sturm im Anzuge, den die nächste Minute entfesseln mußte.

»Und das muß ich von dir hören!« schrie der Bürgermeister, kirschrot vor Zorn. »Von dir, den ich aus dem tiefsten Elend gezogen, der alles, was er hat und ist, meiner Gnade dankt! Was wäre aus dir geworden, wenn ich mich nicht deiner angenommen hätte?«

»Vielleicht etwas Besseres!« sagte Siegbert mit bebenden Lippen. »Ich hätte gedarbt, wie mein Lehrer es in seiner Jugend tat, und mich wie er emporgeschwungen, aber ich wäre nicht der mutlose, kraftlose Träumer geworden, zu dem ihr mich gemacht habt.«

Ein Aufschrei der gesamten bürgermeisterlichen Familie begleitete diese Anklage, aber Siegbert war jetzt nicht mehr einzuschüchtern, der Sturm brach los und riß die Hülle von einer jahrelangen Verschlossenheit.

»Ich habe es nicht vergessen, daß ich arm war,« fuhr er in tiefster Bitterkeit fort, »aber so oft mir das gesagt wurde, so oft fühlte ich auch, daß es nicht Liebe war, die mich dieser Armut entriß. Man wollte prahlen mit dem Talent des Knaben, der in der Stadt für eine Art Wunderkind galt, deshalb wurde er in das reiche Haus aufgenommen, deshalb gab man ihm Nahrung und Kleidung und forderte dafür sein ganzes Dasein als Eigentum. Ich wurde wie ein Kind am Gängelbande geleitet, und wenn ich mich dagegen erheben wollte, dann wurden mir die empfangenen Wohltaten aufgezählt. Ich wurde festgebannt in einem Kreise, gegen den mein ganzes Sein und Wesen sich empörte, wurde abgeschnitten von der Welt und dem Leben, und da sollte mein Genius die Schwingen regen! Ihr hattet ihm von Anfang an die Flügel gebunden, damit er nicht weiter flog, als euer Gesichtskreis reichte, und fragtet nicht danach, ob er sie im verzweifelten Ringen wund und blutig schlug. Und jetzt verlangt ihr von mir, ich soll Zukunft, Freiheit, Glück, alles von mir stoßen und euch wieder zurückfolgen in den Kerker? Einmal habe ich das getan, zum zweitenmal geschieht es nicht wieder! Was ich von euch empfangen habe, das ist bezahlt mit der Sklaverei meines ganzen bisherigen Lebens. Ich frage jetzt nicht mehr danach, ob ihr mich frei gebt- ich *mache* mich frei, koste es, was es wolle!«

Er atmete tief auf, als sei mit diesem wilden, stürmischen Ausbruch eine Last von seiner Brust gesunken. Die Zuhörer hatten es im Anfange versucht ihn zu unterbrechen, aber sie verstummten nach und nach. Das schien gar nicht mehr Siegbert zu sein, der da vor ihnen stand; sie hatten beinahe Furcht vor dieser hochaufgerichteten Gestalt mit den flammenden Augen, vor dieser glühenden, leidenschaftlichen Sprache, die sie noch nie vernommen.

Fränzchen flüchtete scheu hinter ihre Mutter, die selbst immer weiter zurückwich, und sogar dem Bürgermeister fehlte für den Augenblick die Sprache. Erst als er sah, daß Siegbert sich zum Gehen wandte, fuhr er auf, um noch in aller Eile den Pflegesohn, den er nicht mehr halten konnte, mit dem nötigen Eklat zu verstoßen.

»Aus meinen Augen, Undankbarer! Ich sage mich von dir los, ich verstoße dich auf immer! Zu spät wirst du einsehen, was du verloren und aufgegeben hast, aber wenn du auch mit heißen Reueträenen zurückkehrst, wenn du mich auf den Knien um Verzeihung bittest, ich verschließe dir mein Haus und Herz auf ewig!«

Ein halb schmerzliches, halb verächtliches Lächeln zuckte über Siegberts Antlitz, als er sich noch einmal umwandte. »Sei unbesorgt! Ich kann zugrunde gehen in der Welt da draußen,- zurückkehren werde ich nie! Es tut mir weh, daß wir so scheiden müssen, aber ihr habt mich auf das Äußerste gebracht, ich konnte nicht anders. Die Freiheit ist mein Recht. Das habe ich endlich eingesehen, und dies so lange versagte und verkümmerte Recht werde ich jetzt behaupten, euch und der ganzen Welt gegenüber!«

»Bravo!« tönte es im tiefsten Basse vom Fenster her, und als Siegbert in der nächsten Minute auf die Galerie hinaustrat, befand er sich plötzlich in den Armen seines Lehrers, der ihn mit stürmischer Zärtlichkeit umfaßte.

»Bravo!« wiederholte er. »Das hast du gut gemacht, mein Junge! Und nun komm- jetzt gehen wir nach Rom!«

Am andern Morgen, in aller Frühe, rollte ein offener Wagen, in dem sich Siegbert und der Professor befanden, nach der Bahnstation. Bei einer Biegung des Weges wurde das Hotel noch einmal sichtbar und vom Balkon des ersten Stockwerkes flatterte ein weißes Tuch den Scheidenden nach. Alexandrine, die dort an der Seite ihres Vaters stand, durfte ihrem Lehrer wohl eine Abschiesgruß nachwinken, und der Professor schwenkte auch eifrig seinen Hut als Gegengruß. Aber der junge Mann an seiner Seite, dessen Auge so unverwandt auf jenem wehenden Tuche haftete, wußte besser, wem das Lebewohl galt. Siegberts Antlitz war noch immer ernst und düster; er gehörte nicht zu jenen Naturen, die sich leicht und schnell aus langgewohnten Banden lösen, die Art, wie sich die Trennung vollzogen hatte, lag noch immer schwer auf seiner Seele, aber tief im Auge schimmerte doch der Strahl des Glückes, dessen Verheißung er mit sich nahm in das neue Leben.

Das Haus verschwand, und die Fahrt ging weiter durch das dampfende Tal. Die Morgennebel hielten noch alles dicht umzogen, die ganze Landschaft barg sich noch hinter ihren feuchten Schleiern, nur die mächtige Felsenkrone der Egidienwand tauchte schon daraus empor. Sie wurde mit jeder Minute klarer, und während ihre höchsten Spitzen rosig erglühten in der aufsteigenden Morgensonne, legten sich die Wolken tiefer und tiefer zu ihren Füßen.

Und dort oben, über jener Felsenkrone, zog langsam und majestätisch der Adler seine Kreise. Er war emporgestiegen aus dem wogenden Nebelmeere und seine mächtigen Schwingen ausbreitend, nahm er den Flug empor, dem Lichte, der Sonne entgegen.

KAPITEL 19

Es war an einem Herbstabende, etwa drei Jahre später, als der Kurierzug, der von Süden kam, in die Bahnhofshalle von L. einfuhr. Der Zug hatte hier einen längeren Aufenthalt, und die Passagiere benutzten ihn größtenteils, um auszusteigen. In dem Gewühl, das sich nun auf dem Perron entwickelte, sah man auch einen alten Herrn von hoher Gestalt, der trotz seiner weißen Haare noch eine beinahe jugendliche Rüstigkeit zeigte. Er stand an eine Säule gelehnt und blickte heiter auf das bewegte Treiben ringsum. Soeben fuhr ein zweiter Zug, der aus einer andern Richtung kam, in die Halle ein, die Türen wurden geöffnet, und der Strom der Reisenden ergoß sich gleichfalls auf den Perron.

Unter den neuen Ankömmlingen befand sich auch ein kleiner, wohlbeleibter Herr, der eine große Reisetasche trug, und mit seiner Begleitung, die aus zwei Damen und einem Herrn bestand, dem Ausgange des Bahnhofes zuschritt. Plötzlich aber blieb er stehen, stieß einen Ausruf der Überraschung aus und arbeitete sich dann, seine Familie im Stiche lassend, aber die Reisetasche festhaltend, durch das Gedränge bis zu jener Säule.

»Herr Professor Bertold! Welch ein glücklicher Zufall führt uns hier zusammen? Wie freue ich mich, Sie wieder zu sehen, und noch dazu in unverminderter Frische und Kraft!«

Der Professor war sonst nicht leicht aus der Fassung zu bringen, aber er blickte doch einige Sekunden lang ganz verdutzt auf den kleinen Mann, der ihn so freundschaftlich willkommen hieß, dann aber brach er in ein lautes Gelächter aus.

»Herr Bürgermeister Eggert, sind Sie es wirklich? Nun, wenn Sie sich freuen, mich zu sehen,- warum soll ich es nicht auch tun?«

»Unbeschreiblich!« versicherte der Bürgermeister, indem er versuchte, die Hand des Künstlers zu ergreifen und zu drücken. »Ich bin soeben mit meiner Familie hier angelangt, wir beabsichtigen die Nacht in L. zu bleiben. Haben wir vielleicht das Vergnügen, Sie dort nochmals zu sehen?«

»Nein, ich fahre mit dem Kurierzuge weiter. Ich komme direkt aus Italien und will noch vor Mitternacht in der Residenz sein.

»Das ist auch unser Reiseziel, aber wir werden erst morgen dorthin kommen. Wir wollen Siegbert in der Heimat begrüßen, *unseren* Siegbert, unseren teuren berühmten Sohn!«

»Ist er das wieder nach neuestem Datum?« fragte Bertold trocken. »Vor drei Jahren haben Sie den »Undankbaren« ja feierlichst verflucht und von sich gestoßen. Sie wollten ihm auf ewig Ihr Haus und Herz verschließen, wenn er auch mit heißen Reuetränen- und so weiter!«

»Ein Mißverständnis, verehrter Herr Professor!« rief Eggert, der jetzt doch einigermaßen in Verlegenheit geriet. »Siegbert hat meine damaligen Äußerungen ganz falsch aufgefaßt. Ich habe ihm nie, auch nur einen Augenblick lang, meine Liebe entzogen, ich versichere Ihnen-«

»Versichern Sie mir gar nichts,« unterbrach ihn Bertold. »Ich stand damals auf der Galerie und habe die ganze Geschichte von Anfang bis zum Ende mit angehört. Ich habe sogar Bravo gerufen, als der Junge Ihnen den Gehorsam aufkündigte. Also Sie verzichten einstweilen auf seine Reuetränen und wollen ihn in aller Freundschaft besuchen? Er wird allerdings etwas überrascht sein.«

»Wir sind bereits angemeldet,« lächelte der Bürgermeister. »Als ich durch die Zeitungen erfuhr, daß Siegbert aus Italien zurückgekehrt sei und seinen Aufenthalt in der Residenz genommen habe, schrieb ich an ihn und erinnerte ihn an die Zeit, wo er noch ganz und voll uns angehörte. Vor wenigen Tagen erhielt ich seine Antwort, die seinem Herzen alle Ehre macht. »Oh, ich wußte ja, daß er uns nicht vergessen würde! Ich komme übrigens auch als Vertreter seiner Vaterstadt, die durch mich ihrem berühmten Sohne Gruß und Huldigung sendet. Wir sind stolz darauf, daß ein solches Genie aus unserer Mitte hervorgegangen ist.

»Ja, die Abstammung merkt man ihm nicht an,« warf der Professor boshaft dazwischen, aber das störte nicht den Enthusiasmus des Herrn Bürgermeister, der mit vollem Pathos fortfuhr. »Wiesenheim hat ihn geboren! Wiesenheim sah seine Entwicklung, sein erstes Schaffen, und ich darf mit stolzer Freude sagen, daß ich es gewesen bin, der den ersten Funken seines Genius entdeckte und ihn dann treu behütet und gepflegt hat, bis er zur leuchtenden Flamme wurde!«

Das war dem Professor denn doch zu stark. Er stand im Begriff, ein volles Sturzbad über den Flammenhüter auszugießen, als dessen Familie zu rechter Zeit intervenierte. Sie hatte sich glücklich durch das Gedränge gewunden und beeilte sich nun ihrerseits, den Künstler zu begrüßen.

Frau Eggert trug gleichfalls eine große Reisetasche wie ihr Gemahl, Fränzchen dagegen hing am Arm eines jungen Mannes, der gar nichts trug, dafür aber mit unendlich herablassender Miene um sich blickte. Der Bürgermeister beeilte sich, ihn vorzustellen.

»Mein Schwiegersohn, Herr Ellbach! Ein junger Dichter, von dem wir alle Großes für die Zukunft erwarten. Ich habe das Glück, ihn gleichfalls Sohn nennen zu dürfen, wie meinen Siegbert, und wie dieser wird er die Höhen des Ruhmes ersteigen.«

»Nun, dann hätten wir ja die Dioskuren von Wiesenheim!« meinte der Professor. »Ich gratuliere Ihnen, Frau Ellbach, und auch Ihrem Herrn Gemahl.«

Fränzchen nahm den Glückwunsch mit einem Lächeln der Befriedigung entgegen, der Dichter aber ergriff augenblicklich das Wort. Er glich nicht im mindesten seinem bleichen, tiefernsten Vorgänger, und hatte auch nichts von dessen scheuer, stummer Verschlossenheit. Sein etwas breites Gesicht glänzte förmlich vor Gesundheit und Selbstzufriedenheit, und in der Korpulenz schien er sich den Schwiegervater zum Muster genommen zu haben, den er fast darin erreichte. Seine Frau hatte ihn bereits über

Namen und Stellung des Professors unterrichtet, und er ließ infolgedessen nun allerdings sein herablassendes Wesen fahren. Er begrüßte den Künstler als einen Ebenbürtigen und fuhr dann fort:

«Ich akzeptiere Ihren Vergleich mit den Dioskuren, Herr Professor. Siegbert Holm ist allerdings einige Schritte voraus auf der Bahn des Ruhmes, aber Edwin Ellbach wird ihm folgen! Ich fürchte nur, er zürnt mir, weil ich,« hier warf er einen Blick auf seine Frau, »ein Gut errungen habe, das ursprünglich ihm bestimmt war, aber wer kann der Liebe gebieten!«

»Gott bewahre!« rief der Professor. »Er zürnt Ihnen durchaus nicht, mein Wort darauf. Er gönnt Ihnen Ihre Frau Gemahlin von ganzem Herzen. Also sind Sie der frühere Sonntagsgast und Redakteur des interessanten »Tagesboten«?«

»Er ist es!« bestätigte der Bürgermeister, der wie seine ganze Familie ehrfurchtsvoll den Dichterworten gelauscht hatte, »aber die Redaktion steht jetzt unter anderer Leitung. Mein Schwiegersohn hat es nicht nötig sich mit einem Amte zu plagen, und er findet das auch unter seiner Würde. Allerdings veröffentlicht der »Tagesbote« ausschließlich seine Dichtungen, da sich leider noch immer kein anderes Blatt gefunden hat, das diese Werke zu schätzen weiß; Edwin hat sich aber von jedem alltäglichen Beruf zurückgezogen, um einzig den Eingebungen seiner Musen zu lauschen.«

»Nun, dann wäre ja alles in schönster Ordnung!« sagte der Professor. »Nur noch eine Frage. Was macht das neue Stadtgefängnis!«

»Es ist überfüllt,« erklärte der Bütgermeister in feierlichem Tone, »wir werden es vergrößern müssen. Aber Wiesenheim nimmt mit jedem Jahre einen bedeutenderen Aufschwung; jetzt lässt die Regierung sogar eine Taubstummenanstalt dort errichten!«

»Ich gratuliere! Aber da gibt die Glocke bereits das Zeichen zum Einsteigen! Leben Sie wohl, meine Herrschaften, auf Wiedersehen.«

»Bei unserem Siegbert! Sagen Sie ihm, wir hätten uns sogleich nach dem Empfang seines Briefes auf den Weg gemacht, um den Langentbehrten in die Arme zu schließen, und mit eigenen Augen sein großes Bild in der Galerie zu B. zu bewundern. In der Residenz werde ich auch die Ehre haben, Ihnen Herr Professor, die sämtlichen Dichtungen meines Schwiegersohnes zu überreichen. Wir führen sie immer bei uns, aber die Koffer sind leider nicht zur Hand, sonst würde ich–«

»Ich danke!« rief der Professor, jäh zurückweichend, »Ich muß fort und übrigens schlafe ich vortrefflich auf der Eisenbahn, auch ohne jedes Mittel.«

Die letzten Worte verhallten zum Glück in dem Läuten der Bahnhofsglocke, die bereits das zweite Zeichen gab. Der Dichter, der auf diese Weise nichts von der ihm angetanen Beleidigung erfuhr, reichte majestätisch seiner Gattin den Arm und schritt mit ihr von dannen. Die Schwiegereltern keuchten in andächtiger Bewunderung mit den schweren Reisetaschen hinterher, und der Zug, in dem sich Professor Bertold befand, dampfte weiter nach Norden.

KAPITEL 20

Siegbert Holm war in der Tat nach einem dreijährigen Aufenthalte in Italien nach Deutschland zurückgekehrt, um in der Residenz seines Vaterlandes seinen dauernden Wohnsitz zu nehmen. Die Behauptung seines ehemaligen Lehrers, daß es nur das bisherige Leben und die bisherige Umgebung seien, die den jungen Künstler am Boden festhielten, daß er empor *konnte*, hatte sich bewahrheitet. Einmal von diesen Fesseln befreit, nahm er einen so schnellen und glänzenden Aufschwung, daß selbst Professor Bertold darüber erstaunte. Das große Bild, das er noch im ersten Jahre seines römischen Aufenthaltes vollendete, »Der Kampf mit dem Adler«, hatte einen unglaublichen Erfolg, und trug den Namen des bis dahin ganz unbekannten jungen Malers in alle Welt. Es war in fast allen Hauptstädten Deutschlands ausgestellt worden und hatte überall die ungeteilte Bewunderung errungen. Schließlich wurde es von der großen Galerie in B. angekauft, und was der Maler in den letzten beiden Jahren geschaffen hatte, hielt sich durchaus auf der Höhe dieses ersten Werkes.

Die Herbstsonne schien hell herein in das Atelier, dessen Fenster sich auf einen Garten öffneten. Der weite, prächtige Raum war mit echt künstlerischem Geschmack eingerichtet. Alle diese Waffen, Stoffe und Geräte, die in malerischer Anordnung überall zerstreut und zum Teil sehr wertvoll waren, gaben Zeugnis davon, daß, nachdem der Künstler sich Ruhm und Ehre errungen hatte, das Schicksal ihm auch den äußeren Lohn nicht schuldig geblieben war.

Professor Bertold saß behaglich in einen Sessel zurückgelehnt und hielt Umschau in dem Atelier seines ehemaligen Schülers, der ihm gegenüber an der Staffelei stand, wo er soeben ein Bild in die rechte Beleuchtung gerückt hatte. Es wäre schwer gewesen, in der schlanken vornehmen Erscheinung des jetzt dreißigjährigen Mannes mit der ruhig sicheren Haltung den alten Siegbert wiederzuerkennen. Sein Gesicht verriet, daß er jahrelang unter der Sonne des Südens gelebt hatte; aber mit der kräftig dunkleren Färbung war auch ein ganz anderer Ausdruck in diese Züge gekommen, die nichts mehr von Müdigkeit und Abspannung zeigten. Es war ein Antlitz voll Leben und Lebensmut, auf dem der Blick des Professors mit väterlichem Wohlgefallen ruhte. Nur in den Augen lag noch der alte Ernst und die alte Träumerei, aber sie hatte nichts Düsteres mehr.

»Du hast dich ja hier ganz vortrefflich eingerichtet,« sagte der Professor umherblickend. »Du scheinst bereits wieder ganz heimisch in Deutschland zu sein. Seit wie lange bist du denn eigentlich hier in der Residenz?«

»Erst seit acht Tagen,« entgegnete Siegbert. »Aber ich hatte schon bei meiner Ankunft vor zwei Monaten alle nötigen Anordnungen getroffen, und die Einrichtung wurde während meines Aufenthaltes in den Bergen vollendet. Das meiste habe ich ja auch aus Italien mitgebracht.«

»Ja, du warst nicht zu halten bis zu meiner Abreise,« sagte Bertold ein wenig unmutig. »Du wolltest durchaus noch in das Gebirge, ehe der Herbst kam. Freilich, ich kann es mir denken, daß es dich einmal wieder nach der Egidienwand zog! Von dort hat ja dein Ruhm so recht eigentlich den Ausgang genommen.«

»Und mein Glück!« ergänzte Siegbert mit einem Aufleuchten der dunklen Augen.

»Allerdings, Ruhm ist immer Glück, aber es ist doch merkwürdig, daß es bei uns beiden mit einer unglücklichen Liebe begonnen hat. Was wendest du dich denn ab, Siegbert? Jetzt nach drei Jahren wird man wohl endlich darüber sprechen können, wenn du auch bisher hartnäckig jeder Andeutung ausgewichen bist. Es war ein ganz vorzüglicher Gedanke von mir, dich auf dieselbe Weise zu kurieren, wie mich einst das Schicksal kuriert hat, wenn auch die Kur etwas gewaltsam war. Geschadet hat sie übrigens nicht, du hast überhaupt diese Leidenschaft merkwürdig schnell überwunden.«

»Meinen Sie?« Die Frage klang beinahe spöttisch.

»Ja, das meine ich! Ich brauchte sechs Monate, um mit meinem Liebesjammer und meinem Bilde fertig zu werden, du warfst die ganze Geschichte in acht Tagen über Bord. Es war gar nicht notwendig, daß ich dich so ängstlich vor Selbstmordideen hütete, denn kaum waren wir in Rom, so benahmst du dich wie ein Gefangener, dem der Kerker aufgeschlossen wird, und von Verzweiflung war auch nicht das mindeste mehr bei dir zu spüren. Ich glaubte, bei deinem Charakter würde dir die Sache noch mehr zu Herzen gehen wie einstmals mir.«

Um Siegberts Lippen schwebte ein leises, aber triumphierendes Lächeln, als er entgegnete: »Sie bestehen immer darauf, die Parallele zwischen unseren beiderseitigen Schicksalen zu ziehen. Bei näherer Betrachtung würde sich doch einiger Unterschied finden.«

»Gar kein Unterschied!« erklärte Bertold hartnäckig. »Es war ganz dasselbe. Unglückliche Liebe- Trennung- Verzweiflung- und als Resultat des Ganzen ein Bild, das uns berühmt machte. Die einzige Variante ist, daß ich das Ideal meiner Jugendschwärmerei malte und du Adrian Tuchner.«

Siegbert gab keine Antwort, aber seine Augen schweiften wie suchend in den Garten hinaus, der trotz der vorgerückten Jahreszeit noch im grünen Schmucke prangte, aber in diesem Augenblicke ganz leer war.

»Ich habe dir auch einen Gruß auszurichten,« begann der Professor von neuem. »Wiesenheim ist unterwegs, um seinem berühmten Sohne Gruß und Huldigung zu bringen. Ich traf gestern auf dem Bahnhof von L. den Herrn Bürgermeister Eggert nebst Familie. Sie haben unglücklicherweise von deiner Ankunft gehört und sich schleunigst auf den Weg gemacht, um dich, wenn auch ohne Reuetränen, in die Arme zu schließen. Morgen überfällt dich die ganze Gesellschaft in deinem Atelier, und sie bringen auch die Wiesenheimer Musen mit, in Gestalt des Schwiegersohnes. Du weißt doch, daß der poetische Redakteur des »Tagesboten« dein glücklicher Nebenbuhler geworden ist?«

»Ich weiß es, mein Pflegevater hat es mir ausführlich geschrieben, als er mir seinen Besuch ankündigte.«

»Und du warst gutmütig genug, diesen Besuch anzunehmen, nach der Art, wie man dich verabschiedete? Ich habe den Herrn Bürgermeister nachdrücklich daran erinnert, ich hätte überhaupt einen derartigen Brief gar nicht beantwortet.«

»Es ist der Mann, der Vaterstelle bei mir vertreten hat,« sagte Siegbert ernst. »Er meinte es ja gut in seiner Weise und er ahnte nicht, wie unglücklich mich seine Güte machte.«

»Meinetwegen!« grollte Bertold. »Wenn du diese Familienumarmung über dich ergehen lassen willst, so ist es deine Sache. Wenigstens ist jetzt keine Gefahr mehr, daß du dich nach Wiesenheim zurückschleppen läßt, zumal deine Stelle dort glänzend ersetzt ist. Der Herr Bürgermeister muß nun einmal Flammenhüter bei irgendeinem verborgenen Genius sein, der vorläufig erst Funken schlägt, und, da ihm der Maler durchgegangen ist, so hat er sich jetzt mit Haut und Haaren der Poesie ergeben.«

Siegbert lachte. »Ich hoffe, das geschieht zur allseitigen Zufriedenheit. Ellbach ist gerade der rechte Mann für Fränzchen und für ihre Eltern. Dies Leben der Abhängigkeit und Untätigkeit, das für mich zur Hölle wurde, war von jeher das Ziel seines Strebens.«

»So scheint es, aber jedenfalls versteht es dieser Genius besser, ihnen zu imponieren als du, den sie fast zu Tode malträtierten. Er läßt seine Schwiegereltern die Reisetaschen tragen und erzählt ihnen dafür alle Tage von seiner Unsterblichkeit und seinem künftigen Weltruhm. Sie glauben das natürlich felsenfest und sehen andächtig zu, wie »Edwin« den Eingebungen seiner Muse lauscht. Weiter tut er nämlich gar nichts, jede andere Beschäftigung hält er tief unter seiner Würde, aber das Lauschen bekommt ihm vortrefflich, er sieht sehr wohlgenährt dabei aus.- Doch nun genug von diesen Wiesenheimern, wir haben wichtigere Dinge zu besprechen. Dein »Kampf mit dem Adler« ist also von der Galerie angekauft?«

»Ja, und man erweist dem Bilde eine Rücksicht, die mich mit Stolz und Freude erfüllt. Es wird den Ehrenplatz unmittelbar neben Ihrer »Julia« erhalten.«

»Und da wird die aufsteigende Sonne das niedergehende Gestirn verdunkeln.«

»Herr Professor!« unterbrach ihn Siegbert mit heftiger Abwehr.

»Nun, ereifere dich nur nicht,« sagte Bertold, »das ist einmal der Lauf der Welt. Ich habe auch meine Zeit des Aufganges gehabt und schließlich ist es doch *meine* Kunst, die in meinem Schüler triumphiert. Ein rechter Meister ist stolz darauf, wenn sein Schüler ihn überflügelt. Ich freue mich von ganzem Herzen, daß eine junge, eine echte Kraft die Erbschaft antritt, die ich sonst verwaist zurücklassen müßte, denn unter all den anderen ist kein einziger, der sie übernehmen könnte, und ich gönne sie keinem lieber als dir. Darum eben konnte ich es nicht ertragen, daß du mir verloren gehen solltest, darum riß ich dich gewaltsam empor.«

Der Schüler reichte seinem alten Meister wortlos die Hand. Es war ein stummer, inniger Druck, aber er sprach mehr Dank aus, als Worte es vermocht hätten.

»Was meinst du, Siegbert?« fragte der Professor, urplötzlich wieder zu seinem gewohnten Humor zurückkehrend. »Es war doch gut, daß ich dich damals nicht in die Ache springen ließ. Du hattest im vollen Ernste Lust dazu.«

Siegbert senkte beschämt die Augen. »Sie wissen nicht in welcher Verzweiflung ich damals war. Seitdem habe ich es mir gelobt, nie wieder kleinmütig an mir selbst zu verzagen.«

»Das sollte dir auch schwer werden nach diesem großartigen Erfolge. Dein Bild hat ja einen förmlichen Triumphzug durch ganz Deutschland gehalten. Ist es denn noch hier in deinem Atelier?«

»Nur noch für heute, morgen soll es der Galerie übergeben werden. Ich bin froh, es noch einmal ungestört für mich allein zu besitzen,- es wurzelt ein Stück meines Lebens darin!«

Er schlug einen Vorhang zurück, der eine kleinere Abteilung des Ateliers von dem großen Hauptraume trennte. Auch der Professor erhob sich, und die beiden Herren traten vor das Bild, das dort in voller Beleuchtung stand. Die lebensgroßen Gestalten schienen aus dem Rahmen hervorzutreten, und die tief gesättigten, harmonisch leuchtenden Farben brachten das Gemälde zur vollsten und glänzendsten Wirkung.

Es war eine Szene wilden Kampfes, die der Künstler hier auf die Leinwand festgebannt hatte, jeder Zug an dem Bilde atmete stürmische Bewegung, aber auch zugleich erschütternde Lebenswahrheit. Im Hintergrunde ragte die Helswand auf, nackt und schroff ansteigend, nur an einzelnen Stellen von Moos und Gestrüpp umwuchert. Zur Rechten fiel der Fels jäh ab in die bläulich dämmernde Tiefe, zur Linken starrte das zackige Gestein empor, in dem sich der Horst erhob. Die ganze Macht und Wucht der Darstellung aber war auf die beiden Gestalten im Vordergrunde gelegt- den Adler, der sein Junges verteidigte, und den Mann, der mit der letzten Kraft der Verzweiflung um sein Leben kämpfte. Die Bewegung des wild gereizten Tieres, das mit ausgebreiteten Flügeln, Schnabel und Klauen zum Stoße gehoben, auf den Feind eindrang, war meisterhaft wiedergegeben. Und unter dem Adler, von seinem Stoß zu Boden geworfen und dicht an den Rand des Abgrundes gedrängt, lag der Tollkühne, der es gewagt hatte, den Horst zu ersteigen. Der rechte Arm, dem das Messer entfallen war, hob sich noch mit geballter Faust zur Abwehr, der linke versuchte sich an dem Gestein festzuklammern, das dem Stürzenden keinen Halt mehr gewährte,- der Mann war verloren, das sah man! Auf den sonnverbrannten Zügen lag eine fahle Blässe, aber selbst jetzt auf der Schwelle zwischen Leben und Tob, zeigte das energische, ausdrucksvolle Antlitz noch einen wilden, unbeugsamen Trotz und jede Muskel des riesigen Körpers spannte sich noch zum Widerstande. Nur im Auge, das starr und weit geöffnet auf den Feind gerichtet war, malte sich die ganze Todesangst und Todesqual des Verlorenen. Es war ein Blick, von dem man sich mit innerem Grauen abwandte, und der doch den Beschauer dämonisch wieder anzog und gefesselt hielt. Der Blick schien zu leben, wie das ganze Bild.

Einige Minuten lang standen die beiden Männer in schweigender Betrachtung davor, dann sagte Siegbert gepreßt:

»Ich erklärte einst dem Adrian halb im Scherze, daß ich eine Gestalt wie die seinige nur im Kampfe, in einem Ringen auf Leben und Tod verkörpern möchte- ich glaubte nicht, daß ich ihm so Wort halten würde.«

»Und ich glaubte nicht, daß du imstande wärst, eine derartige Szene zu malen,« entgegnete der Professor. »An deinem Talente habe ich nie gezweifelt, aber *dies* Talent voll Energie und Leidenschaft habe ich erst in dir entdeckt, als das Bild unter meinen Augen entstand. Du hast das Beste damit erreicht, was in unserer Kunst zu erreichen ist,- die vollste Lebenswahrheit!«

Der Blick des jungen Künstlers ruhte düster auf seinem Werke. »Wenn die Studie nur nicht so grauenvoll gewesen wäre! Ich habe ihn ja erlebt, diesen Todeskampf, wenn auch nicht oben auf dem Felsen, sondern unten in der Egidienschlucht. Ich habe ihn gesehen, diesen Blick voll

Todesqual, dies letzte, verzweifelte Aufbäumen, und ich habe den Eindruck monatelang nicht wieder los werden können. Das Bild verfolgte mich im Wachen und im Traume, es drängte sich an mich, wie mahnend, fordernd, daß ich es zum Leben erwecke, es ließ mir keine Ruhe, bis ich zu Pinsel und Palette griff. Erst als die Gestalt auf der Leinwand vor mir stand, wich sie mir aus Kopf und Herzen.«

Bertold nickte ernst. »Ich kenne das! Es gibt Erlebnisse und Gestalten, die sich ihre künstlerische Auferstehung erzwingen. Man wird sie nicht los, bis man ihnen den Willen getan hat. Dir freilich ist jenes schreckliche Ereignis zu einem Triumphe geworden. Diesmal hast du schwerlich eine so großartige Ausbeute von der Egidienwand mitgebracht.«

»Aber eine glücklichere!« rief Siegbert, wieder mit jenem strahlenden Aufleuchten in seinen Zügen, wie vorhin.

»Wir wollen sehen! Du warst in deinen Briefen ungemein einsilbig über deinen Bergaufenthalt und hast ihn doch über zwei Monate ausgedehnt. Wo sind denn deine Studien?«

»Es sind nicht bloße Studien. Ich hatte mir dort ein Atelier improvisiert, um zu malen. Das Bild ist fast vollendet, ich werde es Ihnen zeigen.«

Er kehrte in den vorderen Raum zurück und trat zu einer Staffelei, die in der Nähe des Fensters stand, plötzlich fuhr er auf.

»Entschuldigen Sie mich einen Augenblick, ich erhalte soeben Besuch, den ich empfangen muß. Ich bin sogleich wieder hier.« In derselben Minute war er auch schon verschwunden.

»Was ist denn das für ein Besuch, dem man entgegenstürzt, als ob das Leben davon abhinge?« brummte der Professor, der gefolgt war, indem er an das Fenster trat; aber was er hier sah, raubte ihm für den Moment die Sprache.

Durch den Garten kam nämlich Präsident von Landeck, der seine Tochter am Arme führte, im ruhigen Promenadenschritt und gewohnter vornehmer Haltung. Auf einmal machte sich die junge Dame von ihrem Vater los und eilte Siegbert entgegen, der im Sturmschritt aus seinem Atelier kam, und- im offenen Garten, am hellen Mittage, vor den Augen seiner Exzellenz des Herrn Präsidenten küßten sich die beiden! Der Professor sank auf den ersten besten Sessel, der in der Nähe stand. Auf diese schlagende Widerlegung seiner Theorie von der unglücklichen Liebe war er nicht gefaßt gewesen.

Gleich darauf trat die Gesellschaft in das Atelier, und Siegbert führte Alexandrine, deren Hand er noch immer in der seinigen hielt, seinem Lehrer entgegen.

»Meine Braut!« sagte er triumphierend. »Sie sehen, es existiert doch ein gewisser Unterschied zwischen unseren beiderseitigen Schicksalen. Alexandrine hatte mir schon damals auf der Egidienalm Herz und Hand gegeben. Ich nahm ihr Jawort mit mir, als ich mit Ihnen nach Italien ging.«

Alexandrine streckte lächelnd dem alten Meister ihre Rechte entgegen. »Ich bin Ihnen ungehorsam gewesen, Herr Professor! Sie gaben mir gemessenen Befehl, Siegbert zur Verzweiflung zu treiben, um ihn zu einem entscheidenden Entschluß zu bringen. Ich habe ein anderes Rezept angewendet, und Sie sehen, es hat auch seine Wirkung getan.«

»Und davon habe ich kein Wort erfahren!« brauste Bertold auf. »Das ist ja eine ganz abscheuliche Verschwiegenheit! Drei Jahre hast du neben mir gelebt, Siegbert, ohne mir auch nur eine Silbe davon zu verraten, Und hast es ruhig hingenommen, wenn ich dich und dein vermeintliches Unglück mit der größten Zartheit behandelte. Hattest du denn gar kein Vertrauen zu mir?«

»Trösten Sie sich, lieber Freund,« sagte der Präsident lachend. »Meine Tochter hat es mit mir nicht besser gemacht. Ich ahnte nicht, weshalb Sir Conway damals einen Korb erhielt, weshalb später so manche anderweitige Annäherung hartnäckig zurückgewiesen wurde, ich wußte auch nichts von der Korrespondenz, die eigenmächtig hinter meinem Rücken geführt wurde. Erst als Siegbert uns in diesem Sommer in den Bergen aufsuchte, da ging mir ein Licht auf, und erst da ließen sich die jungen Herrschaften zum Geständnis herbei. Ich hätte Ihnen die Nachricht längst mitgeteilt, aber Siegbert und Alexandrine bestanden darauf, Sie bei Ihrer Ankunft mit der Verlobung zu überraschen, die erst in diesen Tagen veröffentlicht werden soll.«

Der Professor tat noch immer sehr beleidigt und erzürnt, aber als Alexandrine schmeichelnd und bittend die Hand auf seinen Arm legte, und er in Siegberts strahlendes Antlitz blickte, da wollte der Zorn nicht länger standhalten.

»Die ganze Schicksalsparallele hast du mir über den Haufen geworfen,« grollte er, »und die Theorie von den absoluten Vorzügen einer unglücklichen Liebe desgleichen. Aber ich habe es ja vorhergesagt, wenn du einmal Liebesgedanken bekommst, dann gehst du auch schleunigst auf das Heiraten aus.«

»Ja, das tat ich!« rief Siegbert lachend, »und Alexandrine war durchaus einverstanden damit.«

»Ich bin es gar nicht,« brummte der Professor. »Ich bin prinzipiell gegen das Heiraten überhaupt und gegen das der Künstler nun vollends. Da es aber Alexandrine ist, die du heiratest, so bist du entschuldigt, soweit dergleichen überhaupt zu entschuldigen ist, und da mein Einspruch bei euch beiden doch nichts helfen würde, so- gratuliere ich euch!«

Damit schüttelte und drückte er die Hände des Brautpaares mit einer Herzlichkeit, die seine grimmigen Worte Lügen strafte, und wandte sich dann zu dem Präsidenten.

»Und was sagen Sie denn eigentlich zu der Geschichte. Exzellenz?«

Herr von Landeck zuckte die Achseln. »Ich habe nachgegeben, wie Sie sehen. Einigen Kampf hat es allerdings gekostet, ehe ich einwilligte, denn mein Wunsch und Wille war es nicht, daß Alexandrine einen Künstler heiratet. Ich hatte andere Pläne und Absichten mit ihrer Zukunft, aber ich habe sie dem Glücke meines einzigen Kindes zum Opfer gebracht.«

Die Worte waren halb im Scherze gesprochen, aber der Professor nahm sie dennoch gewaltig übel.

»Ihr einziges Kind hat eine sehr vernünftige Wahl getroffen,« rief er in seiner derben Weise. »Was hätte Ihre Tochter davon, wenn sie jetzt mit dem langweiligen Sir Conway auf irgendeinem langweiligen Landsitze Englands säße und auf die künftige Lordschaft wartete, die vermutlich ebenso langweilig ist. Ich gebe Ihnen mein Wort darauf, der Name Siegbert Holm wird noch genannt werden, wenn kein Mensch mehr weiß, daß irgendwo einmal ein Sir Conway gelebt hat, und Alexandrine wird an der Seite ihres Mannes ein glänzenderes Los haben und mehr Triumphe ernten, als wenn sie eine brillante Partie in *Ihrem* Sinne gemacht hätte.«

»Nur nicht so heftig«, beschwichtigte der Präsident, indem er ihm begütigend die Hand auf die Schulter legte. »Ich habe Siegbert selbst lieb genug gewonnen und gebe ihm den höchsten Beweis davon, indem ich ihm mein Liebstes anvertraue. Herrn Professor Bertold möchte ich aber doch fragen, wie er dazu kam, damals ein förmliches Rendezvous zwischen den beiden auf der Egidienalm zu veranstalten?«

»Konnte ich denn wissen, daß es einen solchen Ausgang nehmen würde!« verteidigte sich der Professor. »Ich baute felsenfest darauf, daß der blasse, scheue Träumer Alexandrine ganz gleichgültig sei, und ihm traute ich kaum eine Liebeserklärung zu; viel weniger eine Werbung. Aber rechne nur einer mit dieser verwünschten Liebe, sie stellt die vernünftigsten Pläne und Berechnungen geradezu auf den Kopf.- Bei alledem habe ich noch immer nicht dein neues Bild gesehen, Siegbert. Jetzt bin ich wirklich neugierig, was du diesmal von der Egidienwand mit- gebracht hast.«

Er trat vor die Staffelei, auf der sich das fast ganz vollendete Gemälde befand. Es stellte diesmal nur eine Landschaft dar, eine Szenerie des Hochgebirges in der ersten Morgenfrühe. Tief unten im Tale wogten noch dichte Nebelmassen, aber höher hinauf an den Bergen begannen sich die Schleier bereits zu lichten vor den Strahlen der aufgehenden Sonne. Das seltsame Ineinanderfließen von Licht und Schatten, von Sonnenglanz und Nebel war mit täuschender Wahrheit wiedergegeben. Man sah das Ringen und Kämpfen des Lichtes, das sich siegreich Bahn brach durch das Wolkenmeer, aus dem schon einzelne Höhen und Wälder emportauchten. Die Gipfel der Berge umwob nur noch leichter, blauer Duft, und die gewaltige Felsenkrone, die darüber emporragte, stand schon im vollen rosigen Morgenglanze. In der Mitte des Bildes aber schwebte, mit weit ausgebreiteten Schwingen, ein mächtiger Adler. Unter sich die wogenden, kämpfenden Nebel, über sich das goldene Licht des anbrechenden Tages, nahm er seinen Flug empor- zur Sonne!

Professor Bertolt hatte seine große, kritische Miene aufgesetzt; wo es sich um ein Urteil handelte, trat all seine Vorliebe für Siegbert zurück. Er prüfte das Bild scharf und streng in allen Einzelheiten, dann wandte er sich zu seinem ehemaligen Schüler und sagte einfach und kurz:

»Bravo!«

Die Augen des jungen Künstlers blitzten auf in stolzer, freudiger Genugtuung. Wie viel Ruhm und Anerkennung ihm auch in der letzten Zeit zuteil geworden sein mochte, das Lob seines alten Meisters und Lehrers stand ihm doch am höchsten.

»Du hast das Bild doch hoffentlich noch nicht versagt, Siegbert?« fragte der Präsident. »Seine Hoheit der Prinz von C.,« er sprach mit großer Genugtuung den Namen aus, »hat mir erst gestern erklärt, daß er um jeden Preis ein Werk von deiner Hand besitzen müsse. Ich bin überzeugt, er macht dies Gemälde allen andern Bewerbern streitig.«

»Ich fürchte, Papa, der Prinz wird sich noch eine Zeitlang gedulden müssen«, entgegnete Siegbert lächelnd. »Dies Bild ist bereits an meine Braut versagt; ich habe es für sie allein gemalt, und es soll der erste Schmuck unseres neuen Hauses sein. Ich löse damit gewisse Studien ein, die ich einst entwarf, und die sich noch immer in Alexandrinens Händen befinden. Jetzt darf ich sie wohl zurückfordern.«

»Was sind das für Studien?« fragte Herr von Landeck, aufmerksam werdend.

»Vermutlich jenes Skizzenbuch, in dem er die Dame seines Herzens sechsmal hintereinander abkonterfeite« spottete Bertold. »Ich habe es damals unterschlagen und dann in höchst diplomatischer Weise damit intrigiert. Ich werde Ihnen jetzt die ganze Intrige berichten, Exzellenz!«

Er zog Herrn von Landeck beiseite und begann die Beichte, die dem Präsidenten schon zum Teil bekannt war, deren Einzelheiten er aber erst jetzt erfuhr.

»Das Zeichen von damals hat uns doch Wort gehalten«, flüsterte Alexandrine, indem sie den Kopf an Siegberts Schulter lehnte. »Der Adler, der vor unseren Augen emporstieg, wies dir deinen Weg!«

»Du hast mir ihn gewiesen«, sagte Siegbert, indem er sich mit leidenschaftlicher Zärtlichkeit zu ihr niederbeugte. »Du warst es, die mich aus meinem Zagen und Zweifeln emporriß und mir zurief: Nur wer das Höchste wagt, kann das Höchste gewinnen! Ich wagte- und ich gewann!«

Ende